So far so close

Antarctica

远方，不远

从南极到非洲

—— 雷涛（无二旅人） 著 ——

Africa

人民东方出版传媒
People's Oriental Publishing & Media

东方出版社
The Oriental Press

自序

　　由于工作原因和自身爱好旅行，我几乎每年都会有大半年的时间"飞"在世界各地，而走的地方越多，我的好奇心和探索心也越强。我常通过查资料和与朋友交流的方式，来回答我的"十万个为什么"。并且，这么多年来，我一直保持着一个习惯——在飞行途中用小本子记录我的旅行见闻，记录旅途中遇到的人和发生的事。

　　不知不觉笔记已经积攒了几十万字。我渐渐发现，这些旅行的碎片，已经和那些我从世界各地带回家的杂货一起，成为我人生不可分割的部分。于是，我开始梳理，把旅行途中触动我的瞬间、影响我成长的人和事归集起来，与大家分享，希望通过文字和大家进行一场内心的交流。

本书记录了我在南极洲、南美洲和非洲的旅行经历。在这几段旅程中，我见识到很多新鲜事物，从而触发了我对生活的一些新的思考和认识。

市场是窥探当地生活的好地方，所以不论我在哪个国家，逛市场都成为我在当地游览的必选项。秘鲁库斯科的圣佩罗市场里有最受当地人欢迎的羊眼睛汤和炸豚鼠，还有一种神奇的饮料——青蛙汁，在这里，你会看到不论男女老少都戴着圆礼帽，因为那是他们的时尚。在智利圣地亚哥的中央市场里，商贩们都习惯性地把切开的柠檬顺手丢在一旁的盆子里，让它们散发出自然的果香，整个市场都被清新的柠檬味包裹，那种气味比视觉的记忆更为深刻和持久。在玻利维亚行政首都拉巴斯的女巫市场里，有着崇尚羊驼干尸这种怪异的当地文化。如果有可能，我建议在下一次旅行时你也逛一逛当地的市场，你将从另一个角度认识一座城市。

这些异国的习俗和文化在我亲眼见到之前，都是我无法想象的。在整个南美洲的行程中，这样的奇遇时常发生，不断打破我以往的认知，也使我领悟到偏见和固有的主观判断是那么脆弱。旅行对于我的重要意义之一便是不断打破认知的边界。

多年的旅行经历带给我很多思考，其中让我感触最深的一点是，很多在我认知范围之外的事情，存在即合理，我学会了用开放的心态去接受它们，并且成为参与者。譬如，在

马达加斯加，我的司机劳朗先生总是开一段路就向窗外撒一些钱。开始时，我非常惊讶，但当我了解了其中的原因之后，便也学着他的样子帮他把钱撒向窗外。至今我还能记得当时的情景。

在南美洲和非洲旅行期间，文化的差异与交融也令我感受颇深。你可能从未想过在秘鲁的一座教堂中也收藏着一幅《最后的晚餐》。没错，它和另一幅知名画作有着相同的名字。但是，画里的餐食却不是欧式菜肴，而是豚鼠、土豆这些秘鲁本地食物。若不是亲眼所见，谁会想到远隔千里的两幅画是同一个主题，却有着各自不同的表达方式。在北非的卡萨布兰卡，人们都喜欢坐在户外喝咖啡，喝咖啡时也配甜点，俨然巴黎街头的样子；在非斯的街头，经常能看到这些生活在沙漠的人，手里抱着法棍面包。在我所去过的地方，还有很多类似的情形，那些在你原有的认知中本以为不会产生交集的事物，却因某种因素（也许是时间或空间上的，也许是精神世界的）而具有了共通性，这让我不禁感叹文化碰撞的奇妙之处。

在整理这些笔记的时候，我发现很多内容之间具有某种容易辩识的共通性，比如美食、文化、历史、色彩等，于是，我把这些内容按不同主题归集到一起，相互关联又相互对照，希望给大家带来一次不一样的阅读体验。

另外，在本书中，我没有把重点放在旅行攻略上，因为这些内容网上已经有很多。我希望给大家分享的是我在旅行中一些特别的过程和体验，这些才是旅行中最具价值的部分。如果将来有机会和大家一起交流，我也很想听一听你们在旅行中遇到的那些有趣的故事。

目录

古印加帝国的宝藏

平行世界的咖啡之旅

掉进色彩的染缸里

后记

在世界尽头
让探险不止

每一次出发，都是对自己的一次挑战。我不确定自己究竟能走多远，但我知道只要出发，就会看到不一样的世界。

在某个春节前夕，我又踏上旅途。这一次，我决定去南极。

世界尽头的梦想宫殿

蓬塔阿雷纳斯是世界最南端的城市之一，这是一个只有15万左右人口的小镇子，每到夏季，这里都会异常热闹和忙碌，因为这里是进入南极的门户之一。我的南极之行也是从这里开始的。

我抵达蓬塔阿雷纳斯机场的那天，刚好是国内时间的除夕夜。蓬塔阿雷纳斯的天气不错，适合前往南极的飞机做尝试性飞行。我看了一眼时间，再过几个小时就是春节了。我发了一条信息给家里，告诉他们我马上就要起飞了。这是我多年旅行形成的习惯，无论身处何地，只要旅途中遇到飞机起降，都会发条信息给家里。这会儿，我的家人应该已经吃完了年夜饭，正围坐在一起看春节晚会。按照惯例，除夕夜家里还会来一堆亲戚朋友，很热闹。没过多久，我就收到了我妈的回复，叮嘱我注意安全。这也是她每次必说的一句话，让身在异乡的我，心里总有一种被牵挂的归属感。

刚看完家里的信息，就听到机场广播通知，今天的航班不能按照计划的时间准时起飞，机场会根据天气情况，重新做出安排，因此大家需要在原地等候。事实上，没人能够告诉我们具体的起飞时间，因为我计划前往的南极乔治王岛的天气变化莫测，适合飞行的时间窗口随时可能出现，飞机就停在刮着大风的蓬塔阿雷纳斯机场待命。按照原计划，我会在飞越德雷克海峡的时候正好迎来中国的农历新年，不过，这个于我很有意义的瞬间看起来是不可能出现了。

我把随身携带的巨大的背包随手丢在一个角落，"随手丢"是因为大家好像都这么做，并且大家包里的东西都差不多，其他像装备、衣服、鞋子这样的大物件都在前一晚交由轮船公司（去南极旅行，邮轮就是移动的酒店。所以，轮船公司在南极旅行的过程中充当了旅行社的角色）保管托运了。我买了杯咖啡，走到大大的落地窗前，视线越过停机坪，望着不远处的飞机，我的思绪情不自禁地又回到了前一晚。

那是轮船公司精心安排的一场晚宴，晚宴的地点选在了市中心的一座古堡内。那处建筑，我在蓬塔阿雷纳斯的时候多次经过，它是这里的地标，就像埃菲尔铁塔之于巴黎，比萨斜塔之于意大利。

我原本以为它是一个博物馆或者美术馆，直到参加了前一天的晚宴之后，我才知道这里原来是一家非常精美的酒店——何塞·诺盖拉酒店。

在轮船公司工作人员的带领下，我好奇地走进了酒店。环顾四周，我欣赏着它的每一处细节，看得出来这里被昔日的主人精心设计和装饰过。红木桌椅的摆放位置都非常讲究，墙壁上挂满了油画，每一幅看起来都有些年头了；供客人坐的椅子外面都包裹着绿色的天鹅绒面料，绒面上绣着花。我很想坐下感受一下，但又觉得这座椅实在太精美，怕坐坏了，于是我就继续站着欣赏室内的其他装饰。由于是夏季，壁炉内没有生火，但还留着炉灰，炉灰上放着烛台。那烛台看上去也是用了上百年的样子，样式很古典，上面隐约可以看到斑驳的锈迹。

屋顶吊灯里的灯泡都是蜡烛形状的。在还没有电灯的年代，这个宽敞的晚宴厅如果想举行一场舞会，一定要用几百根蜡烛才能被照得通明。看着眼前的吊灯，我心里萌生出一个奇怪的想法，如果过去全使用蜡烛，那么这舞会肯定会有些熏眼睛吧。

晚宴开始前是一个鸡尾酒会，不过，现场的画面看起来有些滑稽。因为按照常理，出席这种正式的晚宴，所有人都应该身着正装，可我们这些人每个都是户外探险家的装束，一个个都是冲锋衣加登山靴，有些人甚至还戴着户外的帽子，手里却端着香槟和鸡尾酒。这样的场景或许只有在像蓬塔阿雷纳斯这样的地方才能够看到。

用餐前经酒店的工作人员介绍，我才知道原来这座酒店

⊙ 旭日从火地岛的方向升起

还有一段精彩的历史。这里原本是一座宫殿样式的豪华住宅，建造它的人是一位女士，也是这里的第一位主人，名叫萨拉·布劳恩。1874年，她与家人从遥远的俄罗斯来到这里，随后她嫁给了何塞·诺盖拉。其实萨拉的父亲与何塞是好友，也是生意上的伙伴，也就是说萨拉的父亲把自己的女儿嫁给了自己的好朋友。何塞出生于葡萄牙，在南美靠狩猎海狮和养绵羊发了财。在他们结婚后的第六年，何塞因为肺结核去世，留下的大笔遗产都被萨拉继承了。

那笔遗产对于这个来自俄罗斯的女人来说是一大笔钱。继承了巨额遗产的她首先想到的就是为自己盖一栋大房子，于是她请了一位法国设计师。整座宫殿从设计到修建都是依照19世纪后期巴黎流行的样式，这也使得这栋建筑在当时的蓬塔阿雷纳斯显得十分特立独行。

萨拉1955年去世，她在这座宫殿里住了很多年。我好奇地向酒店的工作人员打听，萨拉究竟是一个什么样的女人，既有如此强烈的冒险精神，又如此着迷于巴黎的宫殿。她去过巴黎吗？是否知道巴黎真正的样子？不过关于这些问题，酒店的人也说不上来。但是他们知道萨拉是一位很受人尊敬的企业家，也有人说，她是当时蓬塔阿雷纳斯唯一一位女企业家。在继承了丈夫的遗产后，她并没有像路易十六的玛丽王后那样沉迷于奢靡的生活。她不仅没有大肆挥霍，反而联合了更多的商业合作伙伴，做大自己的生意。她组建了巴塔哥尼亚地区最大的绵羊养殖公司，还在智利和阿根廷购买了许多土地。

后来，她搬去了智利北部的比尼亚德尔马。估计是因为蓬塔阿雷纳斯的风太大了吧，毕竟这里是世界尽头，而瓦尔帕莱索才是适合生活的地方，那里还是诗人聂鲁达的故乡。萨拉去世后，这座宫殿一般的豪宅作为遗产传到了她的侄子

⊙站在观景台上俯瞰，蓬塔阿雷纳斯尽收眼底

手中。可惜她的侄子并没有守住家业，在继承当年就卖掉了大部分家具，第二年又把房子卖给了一个俱乐部。再之后，这里得到了智利国家的保护，被改造成酒店和餐厅，于是才有了我看到的这个滑稽的场面。

我的那杯咖啡还没喝两口，就听到身后的人群躁动了起来，原来是登机口开始发盒饭了。每次在机场候机时，得到发餐的消息，我就知道，想很快起飞没那么容易了。我把咖啡放在地上，也过去领了餐食。那是一个蓝色的盒子，上面写着"ANTARCTIC AIRWAYS 南极航空"，里面放着一包饼干、一瓶水和一个锡纸包着的巨大三明治。

拿到餐盒后，还有不到5分钟就要到北京时间的午夜零点了，这意味着马上就是春节了，我手里的这些食物就是我今年的年夜饭。尽管不能起飞，我却没有一点儿沮丧，甚至还觉得挺有意思，这大概是我吃过的最难忘的年夜饭了。不一会儿，同行的中国同胞开始农历新年的倒数，很快，这个小小候机厅里的所有人都一起跟着倒数起来："10、9、8、7、6、5、4、3、2、1，新年快乐！Happy New Year！"这一刻，飞机能否起飞已经不重要了，在这个遥远的世界尽头，大家都沉浸在一片喜悦的氛围里。

我以为到不了南极了

在南极之行开始之前，我已经做好了充分的心理准备，飞往南极的过程恐怕不会像期望中的那样顺利，因此第一次试飞不成功，我并没有任何抱怨。我平静地背起装备和行李，穿好厚重的外套，跟着大部队一起坐上巴士，返回酒店。

轮船公司最新的通知依然是不知道飞机几点可以起飞，只能等待航空公司进一步的消息，因此所有人都必须在酒店待命。听完通知，我拿上轮船公司发的餐券，准备回到房间睡上一觉。到了房间，我把厚厚的冲锋衣、橡胶靴以及沉重的装备从身上卸下来。就在刚卸完的时候，传来了敲门声，我下意识地以为要去机场了，把脱到一半的厚裤子又迅速提了上去。打开门，原来是轮船公司的人来送礼物——一张中文的新年贺卡和巴塔哥尼亚的伴手礼，同时还带来了确切的消息：今天不可能起飞了，明天继续等消息，一旦有任何适合飞行的时间窗口就会立刻前往机场，如果没有则会安排其他行程。

经过一番折腾，我又把穿上的裤子全部脱掉，换上了短裤，开始盘算"备案"。因为如果明天仍然飞不了，我将有50%的可能去不了南极了，那么接下来的行程要怎么安排呢？我想到曾经看过的一部纪录片，讲的是巴塔哥尼亚的绵羊和剪羊毛的人，我一直很想去巴塔哥尼亚看看那些剪羊毛的人的生活，而此时此刻我所处的地方就是巴塔哥尼亚，何

⊙这种树在巴塔哥尼亚随处可见，枝叶茂盛，充满了生命力

不就去实现这个愿望呢？想到这里，我又打起了精神，原本计划睡一觉的想法也消散了。我套上外套去了餐厅，打算用掉手里的餐券。

　　就在下楼的电梯里，我遇到一对年轻的中国夫妇，在遥远的异国看到熟悉的黑眼睛黄皮肤，我们都忍不住用中文聊了起来。原来他们和我一样也是从北京来的，趁着过年的假期在南美洲开车自驾旅行，他们已经走过了很多地方，这会儿他们也要出去吃饭。于是我提议由我请客一起吃，算是正式地过个年。

　　等到一盘菜上桌的时候，这对年轻夫妇告诉我，他们原本今天也是计划飞南极的，结果和我一样没有成行，被送回酒店休息。但他们并不是通过轮船公司预订的南极之行，而是在蓬塔阿雷纳斯的本地旅行社预订了南极一日游的小飞机，那种只能坐下 6 个人的小飞机。这倒是让我感到很惊讶，我还是头一回听说南极竟然可以一日游！

　　一番交谈之后我得知，南极一日游的确是存在的，价格在每人 4.5 万元人民币左右，大致的行程安排和去南极旅行的常规安排一样，都是从蓬塔阿雷纳斯飞到乔治王岛。一日游的团队一般由 4 个人组成，会有向导带着这些人在乔治王岛进行徒步。虽然并没有真正到达南极大陆，但因为乔治王岛已经处于南极圈内，所以也可以说是到了南极，并且在乔治王岛上也可以看到很多南极地区常见的动物和景象。

⊙ 几只巴布亚企鹅宝宝趴成了一排

乔治王岛虽然如今看起来一片祥和，但它并不是一直如此，过去这里也曾动荡不安。这座岛是南设得兰群岛中最大的岛屿，距离南极大陆海岸只有75英里（1英里=1.609344千米），1819年被英国人占领，并以国王乔治三世的名字命名。这其实也是过去英国殖民者惯用的一种方式——但凡发现新的陆地，必定以国王或者女王的名义占领这个地方，又以国王或女王的名字命名所到之处。至今，全世界还有很多地方是以这样的方式命名的。

英国人占领乔治王岛后不久，这里就开始动荡不安，许多国家用各式各样的名义来争夺这里的主权，一直到1961年6月23日《南极条约》生效后，这里才结束了无休止的争夺。《南极条约》由阿根廷、澳大利亚、比利时、智利、法国、日本、新西兰、挪威、南非、苏联、英国等国家共同制定，承认为了全人类的利益，南极应该专为和平目的而使用，不应该成为国际纷争的场所和对象。也就是说，南极不属于任何国家或个人，这里属于全人类。就这样，不仅是乔治王岛，整个南极变成了一片共属之地。1983年，中国也加入了《南极条约》，我们的长城站就屹立在乔治王岛上，每年会有很多科研人员来此工作。

乔治王岛上有一座算不上机场的机场，因为那仅仅是一条由石子铺成的跑道。在乔治王岛上，像中国长城站这样的科考站和研究机构还有很多，所以这座岛也被人们形象地称作南极大陆的非官方首都。除了科研方面的意义之外，乔治王岛还是研究南极动物和植物的重要阵地，比如，这里有各种各样的海豹和企鹅。

餐桌上，我们聊起各自在北京的生活和旅途见闻，他们的工作和戏剧相关。我不由得感慨，其实旅途也像一场戏剧，人们在眼前经过，带着各自的故事，穿梭在每一段早已安排好的情节里，给彼此留下回忆。

我们的食物摆了满满一桌子，小小的餐桌几乎放不下我们点的食物了，我们只得将盘子叠放起来。底层是三个大比萨，周围摆着腌制的橄榄和奶酪块，架在上面的是烩羊肉和海鲜汤。我们还额外点了一份意大利面，鱼肉和沙拉被分成三份放到每个人面前的盘子里，餐前面包已经被放在一旁，甜点和主菜也同时上来了。这一餐看起来极为丰盛，完全是一副在家过年吃年夜饭的样子。

一顿完美的大餐过后，我们计划一起去蓬塔阿雷纳斯这座城市里看看。我主动充当向导，带他们去看我已经探索过的地方。

智利的印第安人

蓬塔阿雷纳斯的样子有些像我在北极圈附近见到的城镇，这不免让我自以为是地认为只要是靠近极圈的地方，镇子应该都是差不多的模样，无论它在南极还是北极。

在蓬塔阿雷纳斯的街头到处都能看见印第安人的元素，每一家纪念品商店的门口几乎都摆放着印第安人的人形纪念物。最常见的就是一种用木头制成的人偶，穿着一件连体衣，衣服由黑色和白色条纹构成，头顶的两个大角十分引人注目。那两个角看上去有点像牛角，但是从比例上来看比牛角还要大很多。

还有一些纪念品是由当地居民手工编织的羊毛玩偶。仔细观察，你会发现，他们在编织时动作非常娴熟，一个毛线团很快就变成了好多个人形或者绵羊形的玩偶。在全世界范围内，文化传承的方式多种多样，有些民族会采用唱歌的方式，有些民族采用跳舞的方式，还有些民族会采用在岩石

⊙ 骑行到世界尽头的人整装待发（上）
⊙⊙ 蓬塔阿雷纳斯的街头，到处都是背包客的身影（中）
⊙ 在蓬塔阿雷纳斯的市场里，商铺老板正在制作极具本地特色的鱼肉沙拉（下）

上画画的方式，而在蓬塔阿雷纳斯街头的这些手工编织的纪念品，某种程度上也是另一种文化传承的方式。

如今，在蓬塔阿雷纳斯街头已经难以找到印第安人的身影了。

我很想通过这些街头元素，找到一些印第安人生活的痕迹。于是，我走在街上边逛边找当地人闲聊，从几个不太懂英语的人口中得到一些零星的信息，拼凑出了一些当地印第安人的过往。巴塔哥尼亚地区的印第安人有卡威斯卡人（Kawesqar）和斯科纳姆人（Selk'nam）两个分支。卡威斯卡人还有别的叫法，比如阿拉卡卢夫人（Alacalufe），意思是"吃贻贝的人"，因为这些生活在智利南部的卡威斯卡人主要靠渔猎为生。在21世纪的今天，这里几乎没有剩下多少卡威斯卡人了，当地2002年的人口普查时，只有2622人被识别为卡威斯卡人；到2006年，就只剩下15位纯正血统的卡威斯卡人了。

导致卡威斯卡人大幅减少的一大原因是早期来自欧洲的探险家和殖民者们给南美洲带来了很多流行于欧洲的传染性疾病。印第安人既没有免疫力抵御这些传染病的入侵，也没有任何药物可以治疗，加上19世纪80年代后期，很多欧洲人开始在这里定居，印第安人的生存环境开始恶化，从此一发不可收拾。

斯科纳姆人（Selk'nam）也被称作欧娜渥人（Onawo）

或者欧娜人（Ona），他们和卡威斯卡人一样都生活在巴塔哥尼亚地区，南美洲最南端的岛屿火地岛也有他们的身影。除了欧洲人带来的传染病外，黄金的勘探和开采以及本不属于这里的农业等一系列所谓的文明进程，也导致了在火地岛生活的斯科纳姆人的人口数量急剧下降。

1889 年，这里还发生过一件令人震惊的事情。一位叫莫里斯的欧洲商人，在得到智利政府的允许后，从巴塔哥尼亚

⊙ 路边极具本地特色的纪念品商店

抓捕了 11 个卡威斯卡人和斯科纳姆人带到欧洲。这 11 人既不是去欧洲过好日子的，也不是去欧洲做奴隶的，更不是去欧洲治疗传染病的，他们居然被送到了法国巴黎和德国柏林的动物园展出，像动物一样被关在笼子里，让那些买得起门票的人参观。这 11 人中有 2 人在去往欧洲的途中死亡，剩下的人原本还要被送去英国进行展出，但由于当时一个传教士团体发出抗议而最终未能成行，于是改道比利时。在去往比利时的途中又有 2 人死亡，1 人下落不明。最终，只有 6 个人成功回到了火地岛。

和众多原始部族一样，智利的印第安人也会通过祭祀或者举行仪式的方式，祈求他们所信奉的神明庇佑。比如他们会在做仪式的小屋外，举行某种仪式来阻止恶劣的天气。仪式的形式大致是：一群男人脱下衣服，每个人都在头顶戴上一个大大的草冠，然后走到屋外的一个水塘边围成一个圈，把自己的手臂放到旁边人的肩膀上，通过这样的方式让彼此之间建立起一种联系。然后所有人沿着小水塘开始旋转，旋转的速度慢慢加快。与此同时，旁边的女人们也没有闲着，年轻的女人们往转圈的男人身上泼水，年长的女人们则在圈子外歌唱。因为巴塔哥尼亚的气候很不舒适，会突然地变冷，也会突然地变热，还经常突然刮起大风，所以这些印第安人希望通过他们的仪式改变这种恶劣的天气。然而直到现在，这里的天气依然不够温和，在这里生活，仍旧无比艰辛。

在众多关于蓬塔阿雷纳斯的介绍里，总会提到一个重要的时间，那就是1914年。1914年是巴拿马运河开通的年份，从这一年开始，行驶于美洲东西海岸之间的船只不再需要绕过遥远的合恩角，太平洋和大西洋终于有了一条最短的纽带。无论从哪个角度来说，巴拿马运河都是伟大的，但是对于蓬塔阿雷纳斯来说，巴拿马运河的开通却是一个巨大的打击。千百年来，蓬塔阿雷纳斯一直是贯通太平洋和大西洋最主要的港口之一，在1914年巴拿马运河开通之前，这里一直是一个商业重镇。而巴拿马运河开通后，船只来得少了，这座曾经繁华的城市因此失去了活力。在如今的蓬塔阿雷纳斯街头，依然可以看出往日的繁华，那些高大的建筑、咖啡馆和餐厅，都是这座城市往昔繁华的见证者。

不过，如今的蓬塔阿雷纳斯并不沉寂，它开始了另一种热闹，尤其是在夏季到来的时候，这座小城会变得忙碌起来。这里的夏季就是南极的旅游季节，现在还可以从这里搭乘飞机直飞南极，这让蓬塔阿雷纳斯的旅游市场变得火热。在我们逗留的这段时间里，我们居住的酒店每天都是满员的，住在这里的几乎都是等着乘飞机或者乘邮轮去往南极的游客。走在街上，随意推开一家咖啡馆或者餐馆的大门，都可以看到不少游客的身影。小城的几条主要街道上，布满了大大小小的纪念品商店。

我和这对夫妇刚走到酒店门口，就看到路边有一位流浪

艺人在弹着吉他唱歌，这有点出乎我的意料。我从未想过，在这样一个每天都刮着大风、略显荒凉的世界尽头的城市里，会有流浪歌手弹起吉他唱歌，他现在正站在麦哲伦雕塑的不远处，唱着一首曲调优美的西班牙语歌曲。

我们驻足听了一会儿，然后走到麦哲伦雕塑前。蓬塔阿雷纳斯有很多关于麦哲伦的故事和传说，虽然不少故事半真半假，但是看得出来这里的人们发自内心地为麦哲伦的事迹感到骄傲。当地人对于麦哲伦的情感，甚至超过了西班牙人和葡萄牙人。在众多关于麦哲伦的传说中，有一个最为有趣。据说，来到蓬塔阿雷纳斯后，摸一下麦哲伦雕塑的脚，就能给自己带来好运，并且以后无论你身在何处，都有可能因为某些机缘再次回到这个世界尽头的小城来。

看着与我同行的这对夫妇轮流去摸麦哲伦雕塑上那个已经被游人摸得发亮的脚，我想起了很多其他城市的类似传说。有的是说喝了某地的泉水以后，未来就一定还有机会再回到那个地方；有的则是抛硬币到许愿池就可以实现愿望。虽然这些美好的传说并不真实，但它们能够流传既是因为人们对此时此刻置身之地的热爱，也是因为对远方的期待。

麦哲伦在误打误撞中发现了麦哲伦海峡，让蓬塔阿雷纳斯一跃成为这条航道上的重镇。海峡的另一边就是火地群岛。火地群岛由大火地岛和周边无数个小岛组成，大火地岛一半属于智利，一半属于阿根廷，其中西部和南部的所有岛屿如今都归属于智利。过了火地群岛最南端的陆岬就是合恩角，这里是南美洲的最南端。火地岛名字的由来颇为有趣，这个

⊙ 塞罗德拉科鲁兹观景台上的路标，标注着从这里出发去往世界各地的距离

名字据说也是麦哲伦取的。当时，他的船队不小心驶入麦哲伦海峡后，发现两岸有很多篝火，后来他就给这个地方取名为火地岛。在穿过海峡的时候，麦哲伦还以为那些烟柱是印第安人准备袭击他的船队的信号，但事实上这只是当地印第安人在烧火取暖而已。

1884 年，人们在火地岛发现了黄金。从那时起，火地岛就兴起了一股淘金热潮，许多欧洲人不远万里来到这里淘金，梦想着一夜之间成为有钱人。甚至在欧洲还流传着一些关于火地岛和黄金的传说，其中，一个传说讲的是有一条满载黄金的大船来到火地岛，然后整船的黄金都被航海家藏在了那里。"火地岛遍地都是黄金"的传言听起来是多么荒谬，然而当时很多欧洲人对此却深信不疑并且心向往之。火地岛虽然没有所谓的"被航海家藏起来的黄金"，但是，这里的确有黄金，这股淘金热一直持续了100多年。也正因为这股淘金热，这一地区的人口才实现了大幅增长。

蓬塔阿雷纳斯的塞罗德拉科鲁兹观景台（Cerro de la Cruz）上站满了游客，我们也在这里停留了一会儿。站在观景台上向正前方望出去，能够看到火地岛。我闭上眼睛，想象千百年前岛上到处都是篝火燃烧的样子，而无论我怎样努力，却依然无法想象出令麦哲伦惧怕的那种场景，我的耳边只有风声。

回到酒店后，我遇到了很多同行的游客，大家聊得最多的，依然是明天到底能否等到飞行的窗口期、有没有可能抵达南极。夏天的蓬塔阿雷纳斯昼长夜短，晚上9点多窗外依旧有自然光。我回到房间，拉上了遮光帘，关掉了出门前打开的暖气，准备好好睡上一觉迎接明天的到来。我心里既期盼着明天的飞行能顺利，又对这种充满不确定性的旅程抱有一丝期待。

南极，难及

冒险必然伴随着意外的发生。对于经常在外旅行的人来说，处理意外情况是必备能力，并且越快调整好心态，就越能尽快地继续享受你的旅程。

对于旅途中遇到的意外，我的态度就是愉快地拥抱变化。所幸，在蓬塔阿雷纳斯等待飞往南极的那几天里，天气都不错。这一天，我早早地起床，穿上厚厚的抓绒衣，打算去海边欣赏风景。清晨的阳光洒在前方的海岸线上，火地岛真的变成了"火地的岛"，粉色和金色相间的云彩铺洒在火地岛的上空，极快地变幻翻涌着。我走到一片乱石滩上，眼前竟然出现了一张熟悉的面孔——风雷老师！趁他还未看到我，我迅速转身并拿出手机，在网上搜索出他的照片做了一下对比。是的，他就是风雷老师！连他现在穿的衣服都和照片上的一模一样。

我难掩兴奋的心情，赶紧拉上抓绒衣的拉链，整理了一下头发，一边喊着"风雷老师"，一边朝他跑去。我想我的样子应该很拘谨，还夹杂着一丝紧张。待我又走近一些，他也认出了我。我上前握住他的手，这是一种非常生涩的打招呼的方式。2013年，我在杂志社做编辑的时候，采访过风雷，他曾作为文章的主角出现在杂志中。很多年过去了，我们一直没有机会再见面。有时候，世界真的很大，我飞了几天几夜才到达这里；有时候，世界又那么小，在这座被称为世界尽头的小城里，我们竟然能够再次相遇。

风雷这次的角色是一位领队，他从国内带领他的队员来到这里，接下来他会带着他们继续在南极和南美洲的其他行程。简单聊了几句之后，我离开了阳光正好的海滩，向城中走去。此时小城已经苏醒，几只流浪狗在空旷的街道上溜达。

待我回到酒店，看到所有人已经又像昨天一样全副武装地等在大厅里了。原来是轮船公司发了通知，今天会进行新的飞行尝试，所以早上必须退房，全部行李再次交给轮船公司，由他们负责把未超重的行李搬到船上，而超重的行李则安排酒店人员专门替我们保管。轮船公司之前还给我们每人发了一个手提称重器，前一天我便用这个称重器严格按照轮船公司的规定进行了称量、打包。我把在后续行程中才用得上的衣服和鞋子全都拿了出来，打包交给酒店保管，而我则继续穿着厚重的橡胶靴上路。

一切都准备好后，我下楼准备吃早餐。所有人都全副武

⊙ 夏季是乔治王岛最为热闹的季节，科考队和探险队一般都会选在这个季节来岛上工作

装，也都信心满满，似乎这顿早餐用完之后我们就能顺利到达南极了。刚吃了一会儿，就接到通知，预计中午过后会有一个适合飞行的时间窗口，我们需要尽快赶到机场，以免错过时间。所有人听到这个消息后，都一起欢呼起来。大家顾不得碗里和盘子里尚未吃完的食物，恨不得现在就到机场去。

从酒店到机场的距离并不远，只有30分钟左右的车程。载我们去机场的巴士车速很快，可能司机也急不可待地想尽快把我们送去南极，这样他就不用再一趟一趟地来回接送我们了。窗外的风景在眼前匆匆掠过，我右边是绵延不绝的碎石子海滩，许多鸬鹚落在已经废弃的栈桥上；左边是巴塔哥尼亚的原野，很多树木已经被风吹得往同一个方向倒去。虽然我在蓬塔阿雷纳斯已经体验过大风的威力，但是看着那些树木，我才明白前两天体验到的只能算是微风罢了。

抵达机场后，因为昨天已经熟悉过流程了，所以今天所有人都迅速地通过安检到达了候机厅。虽然我知道登机牌上写的起飞时间并不准确，但我还是看了一眼登机牌并默默地记下了时间。按照登机牌上的时间，预计不到一个小时我们就要起飞了。

在候机厅坐了没多久，轮船公司的人便来通知大家，尽快收拾东西，穿好衣服和橡胶靴，稍后就会有一个飞行时间窗口，让大家做好登机的准备。顿时，候机厅里一片忙乱，大家兴奋极了，就像多年的夙愿终于要实现了一般。大约10

分钟后，我们就都变成了全副武装的样子，虽然还要继续等待，但所有人都套上了厚厚的衣服和橡皮靴，甚至连丢在地上的背包也都背在了身上。

开始登机后，大家依次通过登机口的廊桥走到地面层。机场内刮起了大风，停机坪内一共停了3架飞机，我们即将乘坐的飞机通体雪白，几乎没有任何涂装。这架飞机的机型是 BAe 146，这种机型非常少见，不是我们所熟悉的空客系列或者波音系列。飞机虽然不大，却安装了4个涡轮风扇发动机，外形看起来很像运输机。之所以选择这款机型飞往南极乔治王岛，是因为乔治王岛的机场里只有一条短短的跑道，一般的飞机根本无法起降，而 BAe 146 的设计却让它可以轻松胜任，所以这款飞机便顺理成章地一直在这里运营。

BAe 146 是英国宇航公司专门研制的一款短程喷气式支线运输机，由于这款飞机的噪声比其他各类机型小很多，加上可以适应短跑道，因此在欧洲曾经很受欢迎。不过出于各种各样的原因，这款机型现在已经停产了。我因为工作需要经常穿梭于世界各地和不同的时区，经常与飞机相伴，所以对飞机有着很深的感情，有时候，我甚至觉得在机场连续几个小时观看各种类型飞机起降是一种享受。此次南极之行，能乘坐这款飞机实属幸运，这也是我在南极的旅行中非常期待的一件事。

登机进行得非常顺利，没有人拖沓，只花了短短几分钟我们就整整齐齐地坐到了飞机上。飞机很快开始滑行，飞行平稳后，乘务人员开始发餐了。这倒有点出乎我的意料，因为这次飞行只有不到 2 个小时的时间，航空公司不仅提供了餐食，而且还很丰富，主食、酸奶、水果、坚果，应有尽有。机舱里大家都兴奋极了，气氛也轻松起来。

然而，就在飞机马上要降落的时候，机舱广播里传出了轮船公司工作人员的声音："各位旅客，我们很抱歉地通知您，由于乔治王岛能见度太低，飞机无法降落，机长决定现在返回蓬塔阿雷纳斯。这是出于对大家安全的考虑，希望大家谅解。"

听到这个广播，整个机舱里突然炸开了锅，刚刚那种轻松的气氛瞬间凝固，接着，所有人开始叹气、抱怨，甚至喊叫。大家都不敢相信这个消息是真的，反复向轮船公司的人确认，但飞机的确在掉头了，微弱的失重感告诉我，我们返航了。很难用语言来形容我那一刻的心情，这是一个大家毫无心理准备却必须接受的事实。返航的路上，我仍旧抱有一丝幻想，希望飞机能够再次掉头飞往乔治王岛。飞机最终降落在蓬塔阿雷纳斯机场，我的幻想破灭了。

在机场，轮船公司的工作人员带来了一个好消息和一个坏消息：好消息是明天还有最后一次尝试飞行的机会；坏消息是如果明天还等不到窗口期，那么此次行程将会终止，这意味着这次我们无法到达南极了。

安第斯神鹰

对我来说，抵达旅行目的地并不是唯一的目标，在旅途中发生的那些无法提前预知的意外、惊喜和变化，往往使我更加着迷。

在等待最后一次试飞的这段时间，我决定抓住机会，继续去探索蓬塔阿雷纳斯。按照轮船公司的安排，下面的游览是自选项目，有兴趣的人可以跟随向导一起去看安第斯神鹰。

由于有一半团友选择留在酒店休息，大巴车上显得有些空，我找了一个靠窗的位置坐下来，一路看着风景。车子往巴塔哥尼亚广袤的荒野开去，起初还有柏油路，到后来就全是石子路了，路的两边是连绵不断的灌木丛，一眼望不到边。灌木丛里偶尔能看到一两只体形较小的美洲鸵，它们对过往的车辆视而不见，看起来十分高傲。这种鸵鸟的学名叫达尔文美洲鸵，它们比其他种类的鸵鸟体形小很多，脚有三趾，

⊙ 安第斯神鹰借着上升的气流在空中盘旋

双翼很大，但是不会飞。不知为什么，看到它们，我的脑海里又浮现出飞往乔治王岛的飞机。

很快，鸵鸟就被甩在车后了。车子行进了很久，感觉时间过得有些慢。终于，车子停在了一个农场模样的地方，四周围着整齐的铁栅栏。一位年轻的向导出来迎接我们，从面容上看，大概是印第安人和欧洲人的后裔，英文说得非常流利。我们跟着向导徒步走进树林，走出几百米后拐了一个弯，一座大山突然跃入眼帘，"这里就是安第斯神鹰的栖息地了"，导游指着大山说。

我做了几次深呼吸，空气略有些冰冷，我告诉自己：别再想南极了，已经到了曾经梦想的巴塔哥尼亚，终于能看到安第斯神鹰了。这种自我暗示似乎起了作用，很快我的思绪就从没能成功抵达南极的失落中跳脱出来。我跟上队伍，接过了向导的望远镜，想更加清晰地观看安第斯神鹰。

曾经看过的一部纪录片让我认识了智利的巴塔哥尼亚，知道了这里神奇的自然景观，以及一到某个季节就会出现的剪羊毛的人。如今这些场景近在咫尺。附近的丛林灌木，还有远处的小湖泊，都让我想起了曾经到过的非洲，并且这里也能看到非洲旱季所特有的土黄色。除了眼前的山，我的背后是一眼望不到边的丘陵和平原，只有耳边不曾停歇的冷风提醒着我，这里并不是非洲。在南非旅行的时候，曾听闻从南非也可以乘飞机去南极，想到这儿我不禁走神：那样会不会更顺利一些呢？搭乘的飞机会是什么样的机型呢？一连串的问题瞬间涌到我的脑海里。

"你怎么不看呢，这只鹰真大！"一位上了年纪的同伴问我。她的脸上看不出一丝因返航而生的失落或不悦，此时她正在专心地观赏安第斯神鹰。受到她的感染，我很快收回思绪，再次拿起望远镜，又深吸了几口荒原那冰冷的空气。要知道，这里是观赏安第斯神鹰的最佳地点，我不能错过这个机会。

安第斯神鹰实际上是一种秃鹫，样子长得很像公鸡。它们一般生活在海拔 3000—5000 米的高山峭壁上，主要的活动区域一般也都在非常高的山区。但是在巴塔哥尼亚，眼前

这座平均海拔仅 1000 米的山上也栖息着大量的安第斯神鹰。安第斯神鹰在南美洲被看作安第斯文明之魂，有些南美洲国家还把这种神鹰绘制在国旗和国徽上，比如玻利维亚、智利和哥伦比亚。

大约 4000 年前，南美洲居民就把这种大而特别的鸟当作一种精神的象征，甚至把这种鸟融入了本地的宗教中。如今在很多遗迹中依然可以看到当地人关于安第斯神鹰的绘画。在安第斯的宗教信仰中，神鹰还被认为是权力的象征，是连接精神世界、太阳神以及上层统治者的使者。

有一个传说中讲到，印加人之所以在西班牙人到达马丘比丘之前就提前离开了，是因为他们看到神鹰死在了印加人选出的太阳贞女的家中，这是印加帝国毁灭的预兆。神鹰作为来自上层世界的使者，表明了这是神的指示。

成群的神鹰盘旋在山顶上空，太阳开始降落，山被映照成了红色，原本一片土黄的荒原也泛出粉色，随即黑暗开始缓缓地从远方蔓延过来。巴士又把我们载回农场去，车窗外一片静谧。抵达农场时，那里已经十分热闹：架子上的烤全羊已经熟了，香气飘满了整个院子；一大锅煮好的土豆正冒着热气，锅边上则放着智利北部卡萨布兰卡谷出产的葡萄酒。吃肉喝酒，很快大家就打开了话匣子，憋了一肚子的话开始释放，食物像一个信号一般，通知所有人，之前被视为禁忌的南极的话题，终于可以放开聊了。

聊着聊着，大家便开始互相安慰起来，如果明天还无法顺利起飞，有人建议去百内国家公园，或者厄瓜多尔。但无论如何，我们还是希望明天可以顺利地飞到南极。

乔治王岛，探险家的圣地

南极之行原本是我给自己辛勤工作的奖励，然而它却不像其他奖品那样唾手可得。随着两次试飞的失败，我对它的憧憬也变得格外强烈起来。

今天是去往南极的最后一次试飞。我醒得很早，拉开窗帘，我望向窗外，蓬塔阿雷纳斯的天气一如既往地好，小广场上的树全都静立不动，看起来没什么风。我按照前一天轮船公司的要求，起床后迅速打包退房。然后套上一件薄外套来到酒店门口。外面的的确确没有一丝风，这反倒让我有些紧张。我回到酒店餐厅，吃早餐的时候简直味同嚼蜡，如果今天仍然不能起飞，那么今年的南极之行就彻底失败了。看起来我不能只抱着美好的期待，也要做好另外的打算了。

在我第四杯咖啡喝到一半的时候，轮船公司的工作人员来了，通知大家尽快收拾随身物品，稍后将出发去机场。同时工作人员也毫不讳言地告诉我们，这将是最后一次飞行机

◎ 标示着去往世界各地的路标，在乔治王岛上再次出现

会，如果这次飞行依旧不顺利，轮船公司会为我们准备其他方案。我想，此时一定没有人会关注其他的后续方案。几乎是一瞬间，所有人都准备停当，出现在酒店门口。我也迅速地穿上那双被我丢在一边的橡皮靴，又一次登上了那辆大巴车。还是那段开往机场的路，但所有人的表情都有些凝重，看起来像是要上战场一般。

前一天晚上，我找到了一个天气网站，可以看到乔治王岛实时的天气。科考站的工作人员在乔治王岛放置了多台照相机，每隔一段时间会自动拍照上传到这个网站，通过这些图片可以判断出乔治王岛的天气情况。我在车上一遍遍地刷新这个网站的页面，把页面里的图片不断地放大缩小。实时更新的图片里一会儿是云雾笼罩，一会儿又是蓝天白云，我的心情也跟着起起落落。

尽管我在早上已经喝了足够多的咖啡，但是到了候机厅后，我还是又买了一杯。其实不止我一人如此，在机场这个不足 2 米长的咖啡吧台前围满了人。看来无论大家来自哪个国家、说着哪种语言，此时此刻都需要一杯咖啡来平复心情。我很想跑出航站楼去吹一会儿冷风，由于未来的不确定而在心中产生的紧张感好像随时都会冲破我的胸膛，我的忍耐似乎已经到了极点。

就在这时，机场广播响起来："大家尽快收拾行李，准备登机。我们要开始尝试最后一次飞行了。"所有人都手忙脚乱地开始收拾，这情形很像在前线打仗时正在休息的士兵突然接到任务一般。通往停机坪的玻璃门已经敞开，冷风肆无忌惮地往里灌。终于又感受到这样熟悉的大风了，今早的风平浪静让我心慌、不安，而此时的大风让我稍微踏实了一些，因为这才是蓬塔阿雷纳斯应该有的样子。

没有人再对着飞机拍照，所有人都静悄悄地紧跟着队伍快步前行。相比前几天，这次我们只用了不到一半的时间就全部坐到了飞机上。一切都按照同样的流程进行着。首先是空乘广播，接着是轮船公司的广播，今天轮船公司在广播结束时多说了一句：希望今天这最后一次飞行可以成功到达南极。广播结束时，飞机已经在跑道上滑行了。飞机上十分安静，除了机翼两旁的四个发动机嗡嗡作响外，没有任何人讲话，连咳嗽声都没有，仿佛所有人都屏住了呼吸。我的内心极度紧张，生怕下一秒飞机就又掉头了。

没过多久，飞机离开了地面，我长长地吁了一口气。飞行的全程我都非常紧张，眼睛一直盯着前方驾驶舱的位置，因为上一次返航的指令就是从那里发出的。所以今天飞机起飞后，我把全部注意力都放在了驾驶舱与客舱相接的那扇门上，祈祷它不要再次打开。

飞机持续飞行了1个多小时后，发动机开始调整，我能感觉到飞机开始降低高度，持续地降低、再降低，看来应该是要降落了。此刻，机舱里的空气像凝固了一般，甚至时间

⊙ 乔治王岛上，除了各个国家的科考站外，还有小卖部和教堂（上）
⊙ 终年积雪形成的冰川在阳光的照射下透出幽深的蓝色（下）

○ 南极的日落是魔幻的

也仿佛停滞了。忽然，发动机的声音变大了一些，我的视线穿过云层，看到了海岸线，眼前一片开阔。接着我看到了一个小教堂，我想起之前看过的图片，那是乔治王岛上的一座东正教教堂。是的，那里就是乔治王岛了！然后又有几栋颜色鲜亮的房子进入我的视线，就在此时，飞机着陆了！

所有人都情不自禁地鼓掌和欢呼起来，热烈的程度堪比正在进行激烈比赛的球场。这些天来压在大家心头的紧张、不安和失落全部都消失了，大家此时的心情就像乔治王岛上此刻的天气一样，通透而明亮。我好像从来没有这么放松过，也从未如此清醒过。我跟着周围的人一起大喊了几声，如果说前两天我们的状态像战士即将上战场，那么今天的我们就是勇士凯旋。这时广播响起："欢迎大家来到南极乔治王岛！"这句话是治愈所有烦闷的良药。

飞机停在一片空旷的地面上，一辆古老的看上去有些像拖拉机的卡车开了过来。乔治王岛上有很多国家的科考站，除了这种全身锈迹斑斑感觉随时可能会熄火的卡车外，你还能看到其他各式各样的车子和挖掘机。

我朝海湾方向看去，那边有几个未来感十足的圆形白色建筑，和周围的环境格格不入，让我感觉仿佛来到了电影的场景里。再看看自己和身边的游客全都全副武装，身后背着的各种装备，仿佛大家正要去探索外太空一般。

一辆汽车突然从我眼前经过，我看见挡风玻璃前面插着中国国旗，我连忙挥手喊"你好"，车里的人也回应说"你好"，我想他们可能是在不远处的中国长城站工作的科考队员们，也可能是给科考队员们做饭的厨师。厨师一直都是我向往的职业，如果我能在南极科考站里做一名厨师又会是怎样的情形呢？我又开始胡思乱想起来……

到了海岸边，轮船公司安排的探险队已经在等我们了。等探险队长给大家讲解完所有的注意事项后，我们分批登上了冲锋艇。我们的船停泊在不远处的海湾里，那是期待已久的船，我有了一种即将到家的感觉。就在冲锋艇往前行进的时候，刚刚还是一片明朗的天空忽然阴沉下来，海水也变得阴沉沉的，像到了晚上一样。没多久，空中飘起了雪花，雪下得很急促，并不轻盈，但很美。这雪花告诉我，今天乔治王岛再也没有飞行的时间窗口了，我们是幸运的。

此时此刻，乔治王岛铺满小石子的海岸边上，南冰洋的水缓缓地拍打着海岸，天色越来越暗，我的心情却越来越明朗。周围除了黑色的岩石和灰色的海面以外，就是近在咫尺的冰山，乔治王岛上并没有太多积雪，并不像我之前想象的那样冰天雪地。在抵达南极之前，我曾无数次地想象过南极的样子，都是冰雪皑皑的景象，上飞机前，我甚至在衣服口袋里准备了太阳镜，以备落地后需要。所以眼前的这幅景象太出乎我的意料了。以往看过的关于南极的纪录片里似乎没有展现过乔治王岛，这有点可惜，我希望未来的某一天我可以再回到这里，专门拍摄一部关于乔治王岛的纪录片。坐在冲锋艇上的这段时间，我已经爱上了这里，这里虽然是世界的尽头，却充满了烟火气。

轮船公司为我们安排的船名为"海洋诺娃"号，这是一艘建造于 1992 年的探险船，蓝色与白色相间的船身与周围的冰山遥相呼应，带给人安宁的感觉。船的最上层挂着橙红色的救生艇，外形有点像潜水艇，格外显眼。当我们的冲锋艇开到"海洋诺娃"号跟前时，我心中涌出了一种莫名的归属感。

船长为欢迎我们的到来在船上举办了简短而有趣的欢迎会，我们逐一和船上的探险队员们打了招呼，也和船上的其他工作人员互相做了介绍。探险队员和我想象中的样子很相似，说起话来害羞又风趣，偶尔开些小玩笑，话里话外透露出他们对于南极的热爱。探险队长哈德利·米莎姆（Hadleigh Measham）长得酷似电影明星，以至其他船友说，我们要跟着探险队长演一部探险题材的电影了。哈德利从 2008 年起就在极地地区生活和工作了，11 年的经历让他对极地地区的相关情况拥有更多的发言权，自然而然地，他就成了整船人登陆南极时的指挥官，负责制订我们每日的计划。

哈德利这些年的大部分时光都是在破冰船上度过的，他开玩笑说自己可能已经无法适应陆地生活了。他大学读的是遗传学，如今他每年还会在自己空闲的 8 个月左右的时间里研究遗传学领域的最新进展，等南极进入旅游季后，他又会

陪在一批又一批探险者的身边。我想，一个人一定是对冬天喜欢到了极致，才会选择一直生活在冬天吧。

这位探险队长还是一名出色的潜水员，当年在北极地区的萨默塞特岛营地生活时，他还做过一件很酷的事情——组织热爱潜水的人潜入北冰洋与白鲸同游！虽然我无法亲身体验与水下成群的白鲸同游是何种感受，但我猜那一定是激动人心的一刻。

在南极期间，我起得都很早。我喜欢去船上的图书馆看书，在那里经常会遇到哈德利队长。这时的他俨然一位大学老师的样子，和在船上穿着探险服的时候判若两人。

在南极，睡觉可不是一件容易的事。由于没有经验，第一晚我睡到半夜时，就被哗啦啦的响声惊醒了。我睁眼一看，

⊙ 漂浮在海上的冰山其实有90%的体积隐藏在水面以下，我们能够看到的部分只是「冰山一角」

房间里的椅子全倒在地上，睡前我放在桌上的东西也都掉到了地上，一片狼藉。我打开灯起床，船还在摇晃，我尝试站稳并寻找胶带把椅子和桌子绑在了一起，散落在地上的东西则被我统统捡到一旁的箱子里。接着我本想继续睡觉，可突然又莫名地感觉睡觉是浪费生命，于是我拉开窗帘向外看去，窗外有一条长长的冰山，无边无际望不到头。看了一会儿，我穿上鞋，又去船舱里溜达。除了船尾轰隆隆的响声以外，整个船舱都安静极了，我感觉自己好像又回到了小时候，带着一颗强烈的好奇心去探索一个全新的地方。这感觉似乎已经多年没有出现过了。

逛过一圈之后，我不得不回房间去睡觉了，因为每一天的行程都被安排得非常满，我必须保持足够的精力。这是我的秘密，每天半夜醒来之后便走出房间在船舱里溜达一圈，这个奇怪的行为仿佛成了我在南极期间的一个仪式，无论何时回忆起我的南极之旅，总会第一时间想起这个秘密的举动来。

探险队里除了哈德利，还有另外一位探险队长吉米。吉米没有哈德利那样的书卷气，看起来像一位真真正正的探险家。吉米是一位海洋生态学家，他一直痴迷于研究地球上的海洋生态系统。吉米撰写过很多关于海洋生态系统、极地野生动物、人类生态足迹和全球气候变化的研究报告，他的研究从阿曼的珊瑚礁到南极海域的桡足类生物、海蟹、南极磷虾、豹海豹，甚至还有大王酸浆鱿。对于旁人来说，光是听到这些名字就已经觉得非常不可思议了。我的南极之行，身边能有一位像吉米这样的探险队长陪伴，真是太幸运了。

我们的船每天有两次登陆的机会，上下船的时候每个人都要被一遍一遍地消毒，以免留下或带出去任何不该出现的东西，这让我有一种安心的感觉。消毒后，大家坐上冲锋艇，向我们即将登陆的第一个岛屿——有用岛驶去。我们乘坐的冲锋艇飞快地穿梭在冰山之间，当到达一大块蓝色浮冰处时忽然慢了下来，探险队长吉米指向一处浮冰，原来有一只豹海豹正躺在上面晒太阳。吉米要求冲锋艇上的所有人都不要讲话，尽可能地保持安静。此时此刻，耳边只有按动相机快门的声音。大家都屏住了呼吸，谁也不愿打扰那只豹海豹。

有用岛，顾名思义，一个有用的岛屿。南极的小岛众多，这个小岛被安上一个如此有趣的名字也算特别。探险队长吉米介绍说，这个岛是比利时探险家亚得里安·杰拉许在 1897 年到 1899 年之间发现的，"有用岛"这个名字可能并非杰拉许所取，只是后来这个名字出现在了南极地图上，大家就不约而同地叫它有用岛了。

我跟着吉米爬到有用岛 100 多米的山顶后，才明白这个岛为什么会取这样的名字。因为比起旁边一连串矮矮的石头小岛，这里的确是一个有用的岛屿，小岛四周没有任何遮挡，开阔的海面平铺在眼前。几十头鲸鱼在小岛四周游玩，偶尔会把尾鳍露出水面。有用岛的山顶最高处是观测鲸鱼的最佳

⊙⊙ 几只企鹅站在有用岛的高处，它们很善于攀爬（左）
我们的邮轮停靠在天堂湾（右）

位置，因此吉米认为"有用岛"这个名字可能是过去的捕鲸人取的，因为他们站在这里可以随时观测鲸鱼，瞄准后就去猎杀。

每年的 11 月到次年 3 月期间，南极海域的浮游植物会大量开花，这给磷虾提供了重要的食物，磷虾因此得以大量繁殖。而磷虾和各种浮游生物是鲸的美食，所以人们会在这个时候看到大量的鲸出现在南极海域。人类捕鲸的历史由来已久，最初的捕鲸活动都集中在北极圈内。那时捕鲸风险极大，但因为鲸是那些捕鲸人部族食物来源的一部分，所以他们依然会冒着风险去捕捞。

到了 16 世纪，捕鲸的目的不再是单纯地获取食物，还包括获得鲸油。鲸油既是一种高档的润滑剂，也可以作为燃料用于照明，还可以制作黄油和香皂，因此在当时的日常生活中占据了非常重要的地位。除了鲸油，鲸鱼的皮和鲸须都有不同的用途。在塑料还没被发明出来的时代，鲸须和鲸油一样也发挥着重要的作用，比如制造医疗用品，以及欧洲女性崇尚的紧身胸衣都需要用到鲸须。无论是在巴洛克时代，还是在洛可可时代，欧洲的女人们都疯狂地痴迷细腰，由于紧身胸衣和裙撑的流行，鲸须的需求量大大增加，所以也可以说彼时的欧洲女人是鲸鱼最大的敌人之一。

由于对鲸鱼制品需求量大，当时的人们疯狂地捕鲸，捕捞技术也得到了发展，捕起鲸来更加容易。那时候人们已经可以轻易地杀死长须鲸、蓝鲸和座头鲸这样的大型鲸鱼。当北极终于无鲸可捕的时候，欧洲的捕鲸船就来到了南极，从此，全球鲸的数量大幅减少，甚至濒临灭绝，直到今日也没有恢复。

南极作为最后一个被世界发现的大陆，是有其必然原因的。这里是人类所知的地球上自然环境最恶劣的地方。虽然这里正以一种深刻的、不可预测的方式发生着变化，但这里依然是地球上最寒冷、风最大、最干燥的地方。

1895年召开的国际地理大会通过了一项关于南极地理大探索的决议，在此之后，负责我们此次行程的探险队长吉米的前辈杰拉许等人便登上探险船，1898年1月，他们到达了格雷厄姆地，也就是现在人们常说的南极半岛。他们沿着格雷厄姆地的西海岸航行，那里有一长串小的岛屿。杰拉许的探险船在这片海域停靠了不下二十次，命名了布拉班特岛、昂韦尔岛等岛屿，还绘制了地图。他们并没有就此停下来，而是继续向南行驶，在1898年2月15日越过了南极圈。1898年2月28日，他们被困在了彼得岛附近的贝林思豪森海冰中，尽管他们尽了最大的努力，但是仍被海冰困住无法脱身。如果一船人被困在这里，在南极度过整个冬天，那也就意味着死亡。

船上所有人都没有放弃，在随后几个月里，他们依然在努力，希望可以摆脱困境。船上的丹科中尉在这期间因为心脏病去世，为了纪念他，大家便用他的名字命名了一座岛屿——丹科岛。随着被困的时间越来越长，船上有几个人失去了理智，其中一个甚至宣称要下船游回比利时去，当时没有人能拦得住他，最后他真的离开了这艘船，但最终也没能回到比利时。杰拉许此时也患上了重病，还写下了遗嘱。船上的弗里德里克·库克接任了总指挥，罗阿尔德·阿蒙森是他的大副，库克要求每个人每天都必须吃一些企鹅肉和海豹肉，这是他在北极探险时积累的经验，吃新鲜的肉可以治疗坏血病。果然，在库克的坚持下，大家慢慢地恢复了健康。

⊙ 生活在南极的海豹

时间来到了 1899 年 1 月，距离探险船半英里外就是开放水域，库克带着大家疯狂地挖沟，以便清出通道。在接下来的几周里，无论白天还是黑夜，他们都在不断地挖冰，最终于 1899 年 2 月 15 日，他们成功地清出了一条通道，船缓缓地驶出了困地。直到 1899 年 11 月 5 日，探险队才回到了比利时安特卫普。

如今这个小小的有用岛所在的海峡被命名为杰拉许海峡，以纪念这些伟大的探险家，他们拥有最自由的灵魂和最坚定的信念。站在有用岛的最高处，视线范围内除了周围海域里的鲸，就是企鹅了。因为最顶部的石头矮山上的雪受到日光照射的时间最长，所以融化得也最快。企鹅们迈着笨拙的步子爬上山来，在干燥的石头山上筑巢。企鹅蹦跳着爬山的样子非常可爱，这个小岛对于企鹅们来说也是"有用"的。

我们在登陆南设得兰群岛中的大象岛时，除了栖息在海岸边的无数的海豹和企鹅外，我还看到了一间残破的房子。从吉米和其他探险队员的口中，我听到了一个惊心动魄的故事。1914 年 8 月，史上最伟大的探险家之一欧内斯特·沙克尔顿带领 27 名船员，驾驶"持久号"探险船从英国出发前往南极。1914 年 12 月 5 日，"持久号"探险船离开南乔治亚岛，刚进入威德尔海不久，船就被浮冰包围，他们只得弃船转移到周围的浮冰上等待。在等待的日子里，船员们不仅参加各种训练，甚至还有歌唱比赛和理发比赛这样的活动。就这样，船员们在海上维持了快一年的时间，直到有一天，船因被浮冰撞击而沉没。沙克尔顿和27名船员被迫继续滞留在浮冰上，而他们滞留的地方距离文明社会非常遥远。在"持久号"沉没之前，他们从船上救下了三艘救生小船，还尽可能多地搬运下来了生活必需品。直到1916年4月9日，他们所扎营的浮冰在海浪中破裂，使得他们不得不去寻找另一个可以落脚的地方。他们驾着救生小船，划过波涛汹涌的海洋和危险的疏松冰层，大概行进了7天时间，终于抵达了大象岛。

大象岛位于南设得兰群岛的东部，它不在正常的运输航线上，也无法联系任何救援船来这里搜寻他们，这是一个完全荒凉的南极岛屿。但好处是，这里有非常多的海豹和企鹅，可以为船员们提供足够的食物和燃料。彼时，南极的冬天即将到来，他们搭帐篷的海滩连续被大风和暴风雪侵袭，几乎所有人都处于身心疲惫的状态中。

在这种极端困难的情况下，沙克尔顿决定积极自救。距离他们最近的地方是福克兰群岛的斯坦利岛，距离大约是1100公里，但由于此时刮的是西风，他们无法到达那里。另一个选择是前往位于南设得兰群岛最西端的欺骗岛，虽然那里无人居住，但是捕鲸人经常出没，不过想要到达欺骗岛同样需要逆风航行。在与探险队的副手弗兰克·维尔德和船长弗兰克·沃斯利商讨之后，沙克尔顿最终选择了第三个方案——前往南乔治亚岛的捕鲸站。在南极的冬天即将来临

⊙ 帽带企鹅衔起一块石头、准备带回去修巢

的时候，尽管要航行 1300 多公里，距离遥远，但借助风势，这个方案似乎是可行的。

沙克尔顿从三艘救生小船中挑选出最坚固的一条——詹姆斯·凯德号，在船上装载了可以维持六个人生活一个月的必需品，有饼干、糖、奶粉和水，以及炉子、油、蜡烛和睡袋。在巨浪与狂风中，小船随时面临沉没的危险，最终，他们于1916 年 5 月 10 日抵达了南乔治亚岛，他们登陆的地方是哈康国王湾。由于这艘小救生艇已无法再航行到捕鲸站了，沙克尔顿随即决定步行穿越这个岛，前往捕鲸站。沙克尔顿挑选了两个人跟着他一起走，留下另外三个人在原地。沙克尔顿一行三人步行穿越了岛上的山脉和冰川，连续走了 36 个小时后终于抵达捕鲸站。

沙克尔顿最终带着求援船再次返回大象岛，营救剩下的所有船员。在被困了将近两年之后，"持久号"船上没有一个人死亡，最终每个人都回到了家。听完这个故事后，我默默重复着"每个人都回到了家"这句话，这应该是所有探险故事中最好的结尾了。

去南极

去南极的方式大致分为两种：一种是搭乘邮轮穿越德雷克海峡抵达南极（这也是大部分人的选择），但德雷克海峡风浪很大，大部分人在船上都会遭遇到晕船困扰；另一种是先搭乘飞机飞越德雷克海峡，然后再乘坐邮轮开始南极之旅。南极除了科考站之外没有可供人们生活和住宿的旅馆，所以在南极期间都只能在船上住宿，或者有些旅游公司会提供帐篷营地的住宿体验。

去南极，很多人会选择从智利或者阿根廷出发，这是目前最便捷也最受欢迎的两个出发地，尤其是阿根廷的乌斯怀亚，更是被人们称为前往南极洲的门户。每年到了南极夏季的时候，乌斯怀亚的港湾里会停满准备前往南极的船只。而智利的蓬塔阿雷纳斯则是前往南极的另一个门户城市。

去往南极的船票，根据不同的轮船公司，价格也不等，在人民币几万元到十几万元之间，同一艘船上根据不同的舱位也有不同的价格。船与船之间除了航行路线不同以外，硬件和软件的条件也存在差别，但是在南极看到的风景都是一样的美和震撼。运气好的情况下，游客们还能买到"最后一分钟"船票，这种船票价格十分优惠，所以有些人会在乌斯怀亚专门等这种船票。

从中国前往南极首先要经过漫长的飞行，游客们可以选择从阿联酋这样的中东国家转机前往南美洲，也可以选择从欧洲城市转机，当然最受欢迎也是价格最有优势的飞行方式则是从美国转机。从这些地方飞往智利圣地亚哥或者阿根廷布宜诺斯艾利斯，抵达后再经由这两个国家的国内航线继续向南飞行，才能抵达蓬塔阿雷纳斯或者乌斯怀亚。

游客去南极旅行的南极季指的是南极的夏季，从每年的11月持续到次年4月，这时候南极各个岛屿以及南极半岛的温度大约都在零下几摄氏度到零上几摄氏度之间。这种温度下，游客登陆南极后，如果再徒步一段时间，就会感觉有些热，所以没有必要带太多加厚的衣服。一般情况下轮船公司在所有人登船前会发放专门的衣服和鞋子，游客在出发之前也可以提前与轮船公司沟通确认。

一场味觉的焰火

在南美洲的旅途中,我的味蕾得到了前所未有的"进化"。那些陌生的美食总会和我不期而遇,或在我没有准备的情况下向我扑面而来,一种接一种,使我应接不暇。它们在我的嘴里爆裂开,口味之丰富,仿佛一场缤纷的焰火。

圣地亚哥中央市场

　　一个地方的市场是当地人生活的一面镜子，五花八门又最没有修饰，所以，每当我旅行到一个地方，都会去当地的市场，对我来说，那里是一道特别的风景。然而，没有任何一个市场像智利首都圣地亚哥的中央市场那样，能瞬间让我从日夜颠倒的混乱时差中迅速清醒过来。

　　这种感觉一方面来源于我所去过的所有市场里那相仿又亲切的味道，另一方面来源于圣地亚哥中央市场独有的声音：鱼店商贩的叫卖声、小餐馆的侍应生拉客的喊声、及买货人的叫嚷声。最特别的声音来自一位流浪女歌手，她吟唱着吉普赛歌曲，嗓音低沉。歌声混合着市场里的嘈杂声音，仿佛将我带回到安第斯山脉的山脚下。

　　吉普赛女郎的身边站着一个小女孩，看样子是她的女儿。歌声持续不断地飘荡在整个市场内，女孩似乎已经听惯了这些美妙之音，她百无聊赖地用左手拨弄着右手的手指，时不时还看一眼周围，那神情和她那与生俱来的吉普赛血统相配极了。她们演唱用的音响设备十分简单，一个带着轮子的架上放着一个大音箱，音箱上插着话筒。听得出来，话筒和音响的音质很差，完全配不上这位流浪歌者的歌声。不过，瑕不掩瑜，她在圣地亚哥中央市场里依然是如此闪亮。

唱罢，她们拖着装了轮子架的音箱，又到旁边一个入口处再次演唱起来。那一刻，我很想送一个好一些的音箱给她们，但想想看，她是吉普赛人，有一辆能带着她们去天南地北流浪的大篷车便足矣。吉普赛人天生热爱歌唱，他们的歌声是传递快乐的另一种方式。

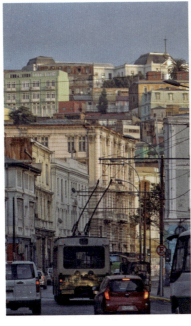

⊙ 离圣地亚哥不远的小城瓦尔帕莱索（左）
⊙⊙ 中央市场中的雕塑（右上）
⊙ 圣地亚哥中央市场中的小餐厅，供应着地道的当地菜肴（右下）

鱼店里一个留着披肩发、染了黄色发梢的女孩跟着吉普赛歌手的歌声哼唱了起来，也许是因为这位吉普赛歌手经常在这里演唱，周围人也自然而然很熟悉那些歌曲。在西班牙，人们把吉普赛人称作弗拉明戈人（弗拉明戈是源于吉普赛文化的舞蹈），"颠沛流离"也经常被用来形容他们的生活状态，但在吉普赛人心中，颠沛流离代表了自由，唯有歌唱和流浪才是自由的。

　　在歌声和叫卖声中，我继续往前走，各种各样的海鲜和贝类出现在眼前。圣地亚哥中央市场很特别的一点是，除了海鲜摊位略带海洋的腥味外，其他地方都是浓浓的柠檬味。圣地亚哥人十分喜欢柠檬，或者说整个智利的人都喜欢柠檬，从圣地亚哥一直到智利南边、靠近南极的蓬塔阿雷纳斯，人们吃饭的时候都不忘用整颗整颗的柠檬佐餐。这里的人们把

⊙ 圣地亚哥中央市场里售卖的新鲜渔获

柠檬切成一大瓣一大瓣的，顺手丢在一旁的盆子里，因为整个市场的人都习惯这样做，所以才有了浓浓的柠檬香。

我穿过一条只能容得下两个人并行的小巷子，看到了我最喜欢的蔬菜摊位，上面摆满了各式各样的新鲜蔬菜，颜色非常艳丽。各种蔬菜的色彩混在一起不但不显得杂乱，反而生出一种对撞色的美感，这是我在南美洲和非洲旅行期间经常能够体会到的一种感受，明明是两件看起来不搭配的事物，但将它们放到一起时，竟然能够产生一种协调的美。

蔬菜摊上最常见到的是土豆，这里有各式各样的土豆，白色的、紫色的、红色的、黄色的、黑色的，圆的、长的、小的、大的，不同颜色、不同形状的都被放置在一起。有些土豆看起来像松塔，有些又像生姜，如果不是之前在秘鲁已经吃过，我可能认不出来这些奇怪的东西是土豆。

鱼贩摊位的后面有很多小餐馆，一家连着一家，有些装修得很用心，雕梁画栋；有些则装修得漫不经心，墙面与地面的残破相互呼应着。每家的侍应生都卖力地在门口拉客，见到我这个东方面孔的人，恨不得把他们所有能用的英文词语都讲出来，并熟练地翻着手里的西班牙文菜单给我看。他们即使看出我并没有想用餐的样子，也会即刻报以微笑，并用蹩脚的英文祝福我拥有美好的一天。我在市场里游荡了一圈，收获了很多个"美好的一天"后，开始专注地欣赏中央市场这座建筑。

大约在 1900 年，圣地亚哥中央市场才安装了第一盏电灯，那一刻一排排的小餐馆被照亮了。但这么多年过去，灯的样式似乎一直没有换过，小餐馆里光线昏暗，一闪一闪的钨丝有点晃眼。这样的灯光与钢铁铸成的建筑体融合在一起，让我有一种归属感，我想大概喜欢怀旧的人都会有相同的感受吧。

整座市场的支柱、横梁、拱门，以及圆形塔架环绕的拱形天花板屋顶，几乎都是由钢铁铸成的，这些建筑构件有很多是在英国制造的，然后漂洋过海被运到这里，设计师在细节设计上运用了文艺复兴时期的新古典主义风格。等到整座建筑落成，人们终于忘记了那个被大火烧毁的、曾经被当地人称作"多米尼加之粪水"的广场，政府部门也终于如愿以偿地找到了一个合适的地方，把原来的小商品集散地与来自瓦尔帕莱索的海货以及舶来品都放到一起。直至今天，圣地亚哥中央市场依然发挥着昔日的设计者、建造者与统治者所期待的作用。

仙人掌国度

　　每次在集市上看到大大小小的仙人掌果，都会让我想起南美洲那成片的巨型仙人掌。在墨西哥、秘鲁、智利这些国家的公路上驱车行驶时，道路两边的仙人掌组成了一个个迷你的森林，有些仙人掌甚至有三米高，看上去像一棵大树。大部分仙人掌上都挂着果子，有些是绿色的，有些是红色的，还有些是紫色的。这些仙人掌果成熟后会被摆到各个市场的摊位上售卖。

　　圣地亚哥中央市场里吸引我的，除了各种各样的土豆，便是这些仙人掌果了。我来到市场外围的一个水果摊上，想买些仙人掌果，可是摊主听不懂英语。虽然我觉得我的肢体语言已经足够清晰，但摊主仍然没有理解我的意思，反而冲着我又说了一段西班牙语，我一头雾水，也完全没有明白他的意思。就在我十分困惑的时候，他从摊位上挤了出来，拉住路过的一个年轻女孩，对那个女孩又讲了一通。女孩明白了，冲我露出一个明媚的笑容说道："摊主说你必须一次买两公斤才可以，他们的仙人掌果不单独卖几个的。"还好这一大堆果子只要几块钱，实在太便宜了，于是我就提着一大袋仙人掌果回了酒店。果子吃到嘴里我才发现，这里的仙人掌果和我在秘鲁库斯科吃过的味道不一样，这里的果子虽然也带着甜味，但是籽极大，吃起来的感觉有点像嚼甘蔗。

之前在库斯科的圣佩罗市场，我也买过仙人掌果吃，那里的果子虽然也有籽但是籽都不大，每一颗果子吃起来都非常甜，而且会流出红色的汁水，吃的时候我的嘴巴和手心都会被染成红色。记得我当时从圣佩罗市场买完仙人掌果出来之后，就迫不及待地剥开了一个，一边走一边吃，路上不时有人回头看我，有的人还会看着我笑，后来我才发现原来自己的鼻子也沾上了红色的果汁。

这些甜甜的果子，在墨西哥以及南美洲的很多国家都被叫作 Tuna。当我第一次听到他们叫 Tuna 的时候，一时间竟没能反应过来。直到他们把这些仙人掌果拿在手里，指着它跟我说"这个就是 Tuna"，我又再和他们确认过字母的拼写，才相信原来真的是读"Tuna"。而 Tuna 在英文里的意思是金枪鱼，这果子怎么叫金枪鱼呢，从长相上看它更像海里的刺豚才是。这样看来，仙人掌果在英文里的叫法反而更形象一些，"刺梨"（prickly pear）从字面上理解就是长着刺的梨。

　　起初吃仙人掌果的时候，我会把所有的籽都吐出来。红色的仙人掌果还算容易吐籽，但是这些我从圣地亚哥中央市场里买来的绿色仙人掌果，边吃边吐籽真是一件非常困难的事儿。我甚至想了一个办法——把这些果子全部捏碎，再把籽一个一个地挑出来。结果挑了一阵，我就发现由于籽太多，挑出去后就没剩下多少果肉了，最后只好连籽一起吃下去。想想看，火龙果作为另一种被广泛接受的仙人掌果，虽然果肉里面也全部都是籽，但吃的时候这些籽不用吐掉，甚至还增加了口感的丰富性。

　　第二天我再去市场的时候，在街边看见当地人也在吃仙人掌果，但他们吃的时候根本没有要吐籽的意思，籽和果肉是一起吃下去的，也许这才是正确的吃法吧。之后再吃仙人掌果时，我便和当地人一样，嚼着籽和果肉一起吃，刚开始还感觉不适应，因为那些籽可不是软的，很难嚼碎，就像在吃未成熟的番石榴一般，但慢慢也就接受了。

在墨西哥和其他一些南美洲国家，仙人掌不只果子可以吃，就连茎也是非常受欢迎的食材。仙人掌的茎有各种各样的做法，炒着吃、烩着吃、烤着吃，或者凉拌、腌制，做法五花八门，甚至还可以做成奶昔。其中，有一种做法是把切好的仙人掌茎和鸡蛋、洋葱、西红柿一起炒着吃，这让我有一种非常熟悉的感觉，尽管身在南美洲，却像在吃一道国内的菜。这些又一次拓展了我对仙人掌和美食的想象。

⊙瓦尔帕莱索街头的涂鸦作品

在从库斯科去乌鲁班巴河谷的途中，司机兼向导把车停在了一个小村子里，神神秘秘地说要带我去看一些特别的东西。我起初并不是很乐意，因为要赶路，中途不应该停留浪费时间，但在他的坚持下，我也有了一些好奇，不过提醒他迅速看完就离开。我们刚下车，就有三五个穿着花裙子、编着两根长辫子的妇人围了上来，热情地把我迎接进一个院子里。院内一侧圈养着很多豚鼠，每一只都肥嘟嘟的，非常可爱。我走过去看这些小家伙，以为这就是向导要带我来看的那个特别的东西。我知道豚鼠在南美洲就像中国人家中养的鸡鸭一样，虽说并没有多神秘，但我很喜欢。我曾在南美洲的某些城市看见过餐桌上已经成为菜肴的豚鼠，而这次却是我第

⊙ 南美洲的年轻人也很喜欢朋克造型

一次在当地人家里看到圈养的活豚鼠，感觉有些新奇。

就在我仔细观赏这些豚鼠的时候，一位戴着圆礼帽的女人走了过来，她手里拿着一片仙人掌茎，那茎看起来已经不新鲜了，上面还有点灰。她吹了吹那些灰，接着小心翼翼地在仙人掌上抠着什么东西。我好奇地凑过去看，发现仙人掌上面竟然有一些小虫子，就在那些白白的灰当中。虽然灰裹满了那些小虫子的躯体，但依然可以看到虫子身体里透出来的红色。那个戴礼帽的女子手法熟练地抓住了两只小虫，随手拿起灶台边的一个盘子，手指在盘子中间一抹，盘子上就出现了一道鲜亮的红色，这些小虫子竟然摇身一变成为红色染料。随后她介绍道，这叫胭脂虫，是吃仙人掌长大的。一边说着，她又把盘子里用胭脂虫抹出来的红色染料涂到了嘴唇上，顿时她那由于长期生活在安第斯山脉高海拔地区所导致的紫色嘴唇就变成了亮红色，那颜色几乎可以和高级口红的颜色媲美。

她又抓了两只虫子放到我的手心里，让我仔细观察。我学着她的样子揉碎了那两只胭脂虫，也像模像样地给自己的嘴唇上抹了一些，我想试试看抹上去的感觉到底是什么样的，会不会有刺痛感，或者会不会有特殊的味道。抹上之后发现没有任何感觉和味道。看我有了兴致，她又继续介绍起来。原来他们这些在安第斯山附近的居民早就把这种小虫子作为口红和腮红来用了，女人们总是善于使用身边的一切来打扮

自己，无论生活在何处，以什么样的方式生活，都不会忘记让自己变得再美一些。看着她嘴唇上的颜色，我有一种莫名的高兴，为她这份生活的热情感到高兴。她接着说，很多高级化妆品尤其是口红的红色原料，都会用这种寄生在仙人掌上的胭脂虫，这种虫子可以卖很高的价格。不过他们一般会把虫子晒干磨成粉，不会直接卖活虫。当地很多人都以养殖胭脂虫为生，这些小虫不仅被用作日常化妆品，还被当作天然的染色剂，被广泛地应用到各种各样的食品和药品中。

在仙人掌养殖者或者胭脂虫养殖者的园子里，仙人掌上都有一堆堆灰一样的附着物，那些就是胭脂虫。养殖者们把这些胭脂虫收集起来，倒进专用的木盒中，然后持续地摇晃，五六分钟后，这些虫子就死了。接着把这些胭脂虫尸体放到太阳下暴晒两到三天，然后出口到世界各地。

⊙ 智利的卡萨布兰谷，这里出产的葡萄酒品质上乘

很久以前，这种胭脂虫在欧洲可是抢手货，甚至成了那一时期仅次于白银的出口商品，一度还被带到了印度。不过，因为越来越多化学染色剂的出现，如今这种生长在仙人掌上的胭脂虫的需求量在不断地降低，甚至变成了只有孩子们才玩的东西。我听说在非洲的一些地方，人们依然在种植仙人掌，也依然用仙人掌培育胭脂虫，这种天然的染剂在小范围里依然备受追捧。

 去智利

买机票的时候一定要看好，目的地是智利的圣地亚哥。因为全世界叫圣地亚哥的城市有好几个，不少人在刚开始出国旅行时容易买错机票。

智利的圣地亚哥绝对是一个会让许多人对南美洲的固有印象大为改观的地方。从机场到市内的路上，极容易让人产生错觉：如果不是遍地西班牙文的标识，那些装饰着玻璃幕墙的高楼大厦就像是国内建筑的翻版。同时，圣地亚哥还保留了很多欧洲殖民者修建的欧式建筑，摩登与古典的结合是这里最有意思的看点之一。

智利的复活节岛、百内国家公园、南极门户等标签已经十分出名，因此首都圣地亚哥总是很容易被忽略，在人们的印象中它成了一个中转城市。如果你计划去南美洲，建议多留出一些时间给圣地亚哥，这座城市的餐馆和咖啡馆就像一座巨大的宝库，值得去发现。如果你对前哥伦布时期的文化感兴趣，就一定要去圣地亚哥的博物馆和美术馆看看，它们坐落在武器广场周围。

圣地亚哥不远处的海边小城市瓦尔帕莱索是智利著名诗人聂鲁达的故乡，去圣地亚哥，一定要到瓦尔帕莱索，即便你没有读过聂鲁达的诗也要去。在巴拿马运河开凿前，这里曾是重要的港口之一。如今这里虽然没有了往日的繁华，但这座看似杂乱的小城却是街头艺术家的天堂，整座城市目光所及之处都能看到各种各样的涂鸦壁画，漫步小城，随时都会有惊喜。当地人用尽色彩装点整座小城，去过的人会觉得自己真正踏上了南美洲的大陆。

如果住在圣地亚哥，瓦尔帕莱索可以在一天内往返，路上会经过智利的葡萄酒产区，这可是新世界葡萄酒赫赫有名的产地代表，它有一个特别的名字——卡萨布兰卡谷，这是在摩洛哥之外另一个名叫卡萨布兰卡的地方。你可以随意地找一座庄园，去免费品尝这里的葡萄酒；也可以参加庄园提供的专门的葡萄酒品尝项目，花几十元体验不同类型的葡萄酒，学习葡萄酒知识。

土豆艺术

在秘鲁的首都利马有一间名叫 Central 的餐厅。我对它之所以有特别的记忆，是因为在这里我吃到了各种奇奇怪怪的土豆。慕名去这间餐厅是我前往利马最重要的原因，甚至可以说是唯一的原因。

由于具有出色的创造力，这间小小的餐厅迅速跻身世界知名餐厅之列，我提前四个多月就订了座位，若再晚些日子很可能就无法订到了。因为订的是午餐，我特地多留出些时间，想提前去餐厅参观一下。去这里，我可不只是抱着品尝美食的心态，更想去欣赏一下里面陈列的艺术作品，因为这家餐厅本身也是一个艺术作品的展示空间，非常值得一看。餐厅在一个不起眼的位置，从外面看和周围的民居没有任何区别，我到的时候门口还没有人，但才站了几分钟就陆续有其他客人来了，看上去，他们应该是从不同国家慕名而来的。

我走到那扇紧锁的大门前，门口的牌子上写着开门的时间，因为餐厅只接受预订，所以排队的人并不多。终于等到餐厅开门了，所有的食客都有些按捺不住兴奋的心情，快步而有序地跟随着侍者坐到提前安排好的座位上，我的桌子刚好处在餐厅的中央，可以看到厨师们在厨房里忙碌的身影。事实上几乎所有的位置都可以看到厨师们准备食材的过程，这种开放式的明亮空间给用餐的人提供了绝佳的艺术欣赏的视角——厨师们就是艺术家，主厨带领厨师们一道一道地为客人准备菜品。我预订的是餐厅有名的十七道式餐，这顿午餐估计会花去我一整天的时间，尽管在利马只停留两天，但是我仍然觉得值得。

　　十七道菜各具特色，厨师们走遍秘鲁全境寻找可用的

⊙ 在利马老城的中心区域，至今仍然保留了不少具有西班牙风格的建筑

食材，所有食材选取回来后再根据海拔高度来设计菜品，有的食材来自海下 20 多米水深处，有的食材来自安第斯山脉海拔 4000 多米的山间，还有的食材产自亚马孙雨林。这种依据海拔进行创作的理念，把秘鲁丰富的生态环境所孕育的食材和文化展现得淋漓尽致。虽然之后的旅程也都是在秘鲁境内，但在这里用餐的时候是我感觉离秘鲁最接近的时刻。

在 Central 餐厅，我还亲眼见到并且吃到了一些在电视纪录片里才看到过的东西，比如巨骨舌鱼。这是一种产自亚马孙雨林的淡水鱼，也是全世界最大的淡水鱼。吃到嘴里，这种于我来说新奇却不陌生的大鱼并没有什么特别的味道，只觉得是把一条看起来恐怖的大鱼吃进了嘴巴。

⊙ 在 Central 餐厅，亚马孙河中的食人鱼也成了美味菜肴

相比之下，反倒是那些各式各样长相奇特的土豆更加吸引我，尤其是其中一种土豆长得非常像生姜，就是那种还未完全成熟、从土里刚挖出来的嫩姜的样子，我还向同行的友人夸赞餐厅用生姜做装饰的创意很特别，结果刚说完这句话，侍者就开始介绍菜品了，当他说那是土豆的时候，我非常惊讶，因为从外形上看我完全没有办法把它和土豆联想到一起。然后侍者又告诉我餐厅里还有其他各种各样的土豆，欢迎我去参观。于是我跟着他走到厨房的传菜口，以及餐厅的公共区域，的确看到了更多的土豆。在这里土豆被用来装饰餐厅，就像艺术品一样。我心中忽然涌上一丝激动，飞越了千万里来到世界的另一端，感觉像是到了一位旧友家中，一个用质朴的物件陈列装饰的简单的家。

　　来这里吃饭的人都打扮得非常精致，就连我也在出门前换上了一套稍微正式一些的衣服。在这里土豆像鲜花一样被摆上了桌面。以前在欧洲坐火车去各个城市旅行的时候，我常看到原野上有大片的土豆田，火车要行驶一段时间，窗外的土豆田才会消失在视线里。有一次我去亚琛郊外，还看到了收获后的土豆田，田里依然散落着许多被遗弃的土豆，我捡了两颗带回杜塞尔多夫的家里，一直放在窗台上当装饰物。这是一种奇怪的爱好，那个时候是捡土豆，如今我喜欢走到哪儿都捡几颗松果带回家，丹麦的、芬兰的、瑞士的、加拿大的，那些形态各异的松果已经堆满了我的窗台。

记得我曾在荷兰阿姆斯特丹凡·高美术馆里看过一幅画，凡·高的《吃土豆的人》，画的是一个简陋的小屋里一家人在昏暗的灯光下吃土豆的场景，画里人物那期待而渴望的眼神，让我印象深刻。自那之后我就对土豆有了特别的记忆，无论在哪里看到土豆，都会想起那幅画。

　　翻开土豆的历史去看，很多事情显得极为荒诞。最早欧洲各地对于土豆的接受程度有很大不同，甚至有人担心土豆会和某些植物一样有毒，还有人给土豆取名为"魔鬼的苹果"；

⊙ 南美洲是土豆的故乡，在这里可以品尝到各种各样的土豆

⊙ 利马老城的夜晚，人们喜欢聚在酒吧或餐厅里观看球赛

但也有不少人把土豆种在自家的花园里，他们认为土豆的花是奇异的，那种好看的粉紫色花朵成了贵妇头顶的装饰品，甚至成了身份、地位的象征。

一直到 1750 年，法国和德国的一些政府官员和贵族开始让休耕的土地都种上土豆，才使得土豆成为西欧和北欧的重要主食。后来，受到 1770 年饥荒时期以及寒冷时期的影响，土豆在欧洲被大范围地食用，于是便有了去德国朋友家做客时他们煮了一锅土豆招待我的情形。如今在安第斯山脉地区，常常能看到戴着礼帽、编着两条粗粗的黑辫子的印第安女人在土豆田里忙碌着。

Central 餐厅里，厨师们在热火朝天地做餐食，传菜的侍者在介绍每一道菜的时候，客人都能感受到他们内心的骄傲。比起品尝食物的味道，在这里用餐更重要的是欣赏食物的艺术。比如我面前的一道菜，盘子里的食物放在一种螺旋状冷冻的叶子上，是整体被烤过之后又经过冷冻、切片摆盘的，我咬了一小口细细地品尝，绵软爽甜，口感非常美妙，但我无法确定那是什么食材。我找出菜单查看，只见上面写着 Yacon。Yacon 是雪莲果的学名，并且原产自南美洲的安第斯山脉，一直以来我都毫无根据地相信雪莲果原产于东南亚某国，甚至还一度以为这种充满水分的根茎水果有可能产自中国南方某地。这样的情形经常在我的旅行中发生，这也是旅行对于我来说重要的意义之一——不断打破固有认知，打破认知边界。

菜市场里的时尚

很多人在旅行中会以自己的独特视角去感受当地文化，有些人去博物馆，有些人去夜市，有些人则对酒吧文化情有独钟，而当地市场无疑是我的心头好。那些在市场里的意外发现，总是让我欣喜，逛市场成为一种期待。

秘鲁库斯科的圣佩罗菜市场，是我在南美洲旅行期间遇到的一个和圣地亚哥中央市场同样令我着迷的地方。无论是卖菜的人还是买菜的人，同样说着西班牙语，但不同的是，这里的人们更淳朴一些。这里的摊主很少吆喝，如果不小心眼神和他们对上，他们还会害羞地躲闪。市场里的女人则几乎都是胖嘟嘟的，她们中有些人戴着圆礼帽，有些人就只编着两条粗粗的辫子。穿梭在市场里的我像一个多余的闯入者，显得有些格格不入。

在秘鲁旅行期间，我最好奇的就是这里女人戴的帽子，以及她们胖嘟嘟的身形。为此，我还特地问过我的一位玻利维亚朋友玛利亚，她说她们看起来胖嘟嘟的，很可能是因为衣服穿得多。由于生活在安第斯山脉周围的土著一年中大部分时间都在寒冷中度过，她们不得不穿上很多衣服，但在某些时段太阳又照射强烈，天气会变得很热，因此她们没有在衣服的厚度上下功夫，而是在层数上下功夫，这样在热的时候可以脱下来几层，冷的时候再穿上去。另一个原因是，当地女人喜欢穿上蓬蓬的百褶裙，让下半身看起来更丰润，她们认为这样能让一个女人看起来更有吸引力，所以这些女人的身形看起来也都胖嘟嘟的了。她们极度热爱鲜亮的颜色，她们的衣服总是由各种各样的色彩构成，脚上一般都配一双圆头鞋，再配上长袜，看起来可爱又漂亮。

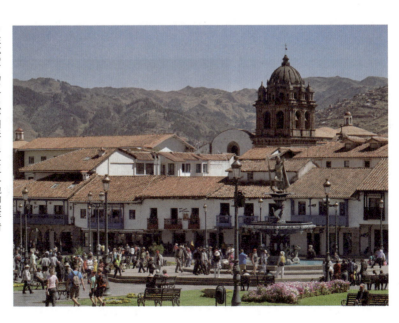

⊙ 在武器广场，可以看到来自于世界各地的旅行者

生活在安第斯山脉周围的女人都爱戴礼帽，尤其是玻利维亚女人，她们的帽子各不相同，有小圆礼帽，也有男士戴的特里尔比帽子。奇怪的是，明明很多帽子的样式看起来是男式的，但在玻利维亚和秘鲁这些地方都是女人戴着，而且完全不显得别扭，反倒和她们的蓬蓬裙极为般配。在众多款式的帽子中，还有一种明显区别于特里尔比帽的小圆顶礼帽更是有趣，在玻利维亚街头很常见，也非常容易辨认，这种帽子要比其他帽子稍微高一些，帽檐则窄一些，看起来很像英国乡村绅士戴的帽子。

　　关于这些帽子的来历，我问过一些当地人和我的一些朋友，他们都说不出所以然来。但有一个被大家广泛接受的传说是，这些帽子能在这一地区流行是由于一个错误导致的。

⊙ 在库斯科的市场里，看到了我非常喜欢的六出花，这种花就原产自南美洲

　　20 世纪初，当地人从欧洲订购了一大批给铁路工人戴的帽子，但是这些帽子的尺寸都做小了，铁路工人几乎都是男性，这种小帽子实在戴不上，但帽子又不能再运回欧洲去，因为运输的成本太高了，所以他们就选择把这些略小的帽子送给当地的妇女，于是这种帽子就在女人圈内流行起来。也有传说，这种帽子是欧洲人专门卖给当地妇女的，他们为了销售还编造出许多说法，比如其中有一种说法是如果女性戴了这种帽子会有助于生育，于是当地的女人就纷纷戴上了这种帽子。

　　库斯科的男人也爱戴各种各样的帽子，有皮帽，有毛毡帽，最常见的是一种毛线织成的帽子。有些帽子装饰着夸张的流苏，但这些流苏一点不显得突兀，反而和他们身上的衣服十分相配。事实上，在这里无论是男人还是女人的服装，都或多或少地受到昔日欧洲文化的影响，所以如今这些看起来或夸张或艳丽的日常服饰，都隐约有着欧洲的影子。

冲破美食边界

记得我小时候有过这样的经历，在路边摘一枝花，将花蕊的根部放进嘴里，是甜的。也许这就是我对食物大胆尝试的开端吧。长大后，无论品尝过多少奇异的食物，那份探索和好奇始终不曾消减。

库斯科圣佩罗市场的屋顶很高，玻璃的顶棚不仅可以透光也可以遮住正午时分强烈的阳光。这里吸引了很多做吃食的小商贩，他们的摊位一家挨一家地连在一起，从早上就开始营业了，我看到几乎每个摊位上都围满了人。有些店主手上拿着刚卤好的整鸡，熟练地切碎，然后装在碗里卖给食客；还有的摊位上专卖当地人喜欢吃的炸豚鼠；汤在这里是最受欢迎的，有鸡汤、羊肉汤、蔬菜汤，还有煮好的羊眼睛汤。羊眼睛算是当地的特色食物，食客们配着土豆和米饭都吃得津津有味。这里的摊主都比较害羞，又非常友好。当我把身体探过取餐台想看他们的摊位上有什么时，他们总是会羞涩地一笑，然后就主动拿出拿手菜展示给我看。

圣佩罗市场里可以看到各式各样的玉米，白色的、黄色的、红色的、紫色的，有大颗粒的，也有小颗粒的，品种繁多。玉米原产于美洲，在整个中美洲和南美洲是非常重要的食物，在玛雅人的神话中，人的身体就是造物主用玉米做的。过去有很多说法和研究认为墨西哥是玉米的起源地，但有一些研究表明在秘鲁也发现了与墨西哥相似的古代玉米的种植地。玉米的起源地究竟在哪里其实并不重要，从整个美洲包括美国对玉米的热衷程度就能看出玉米对于美洲人的重要性。玉米可以说是库斯科山谷最具象征意义的作物了，山间的田地里到处都能看到玉米。其中有一种玉米最为特别，那就是紫玉米。

紫玉米富含花青素，基于这一点人们认为它可以延缓皮肤衰老，所以在众多的玉米中这种玉米最受追捧。在库斯科的大多数餐厅或饮品店内，都可以看到一种用紫玉米做的极受欢迎的饮品——Chicha Morada。这种饮品的传统做法是将紫玉米和菠萝皮、木瓜一起放入水中煮，之后放入肉桂和丁香，等煮熟之后完全冷却再加糖，有时候人们也会加一些切碎的水果和柠檬一起煮。这种做法看起来非常像欧洲圣诞节期间特供的热红酒，连颜色几乎都是一模一样的。在秘鲁，Chicha Morada 的消费量甚至和可口可乐差不多，人们不仅可以在市场里买紫玉米回家自己煮，也可以在任何一家商店或者超市里买到瓶装的。这种饮品我在利马也喝过，在我住的酒店对面的一家小杂货铺里就可以买到瓶装的，和可口可乐这些饮品堆放在一起。当时，我只是看到包装上画着玉米，颜色又是新奇的紫色，就忍不住买了一瓶尝尝，后来才知道原来这是秘鲁的国民饮品，在智利也很受欢迎。

除了紫色玉米水之外，圣佩罗市场里还卖一种"恐怖"的饮品，我不仅不敢品尝，就连观看它的制作过程都觉得无法接受，那就是青蛙汁。不光在圣佩罗市场里，在秘鲁的很

⊙ 青蛙汁是当地人喜欢的饮品，在很多鲜榨果汁店里都可以买到

市场里出售的新鲜柠檬是智利人非常喜爱的食材之一

多果汁店里都能看到青蛙汁的图片广告，它和其他鲜榨的水果汁一起出售，每天有很多本地人专门跑去市场或果汁店去买这种饮品。青蛙汁制作的过程食客是可以全程观看的，店家先从养青蛙的玻璃柜里选出一只活的青蛙，把青蛙头固定在一块木板上，然后熟练地剥去青蛙皮，清除完内脏，再丢进榨汁机，和芦荟、甜菜根等其他水果一起榨汁，好像在果汁里加一只青蛙是一件很自然的事，就和加一个苹果或香蕉一样。有些店里卖的青蛙汁甚至不去除青蛙的皮和内脏，店家随手抓起一只青蛙就丢进机器里，和其他水果一起榨汁。这场景至今想起来都让我有些头皮发麻。当地人之所以喜爱喝这种饮品，是因为他们认为它可以提神醒脑，甚至有咖啡的功效，人在困的时候或者心情低沉的时候喝上一杯青蛙汁，能立刻恢复活力。更有意思的是，当地人认为喝这种青蛙汁对于男性有强身健体的作用。

圣佩罗市场里还卖草药，这里有很多当地传统医生沿用了千年的药材，古柯叶就是其中的主角。古柯叶是生活在高原的人每天必备的草药，我在秘鲁和玻利维亚旅行期间口袋里也经常装着古柯叶。除此之外，还有另一种奇妙的药材，那就是龙之血，这是一种植物分泌的红色乳胶，据说把这种红色乳胶和其他动物血混合在一起可以治疗风湿性关节痛，缓解跌打损伤的疼痛，还能有效地止血。这让我想到了中国的传统中医，我们和这些高原人一样，在祖祖辈辈生活的土地上发现并挖掘身边一切可用的事物的价值，并一代一代地传承下去。

我热爱美食，虽然圣佩罗市场里的种种食物——牛羊的喉管和内脏、青蛙汁和风干的整只羊驼——在某种程度上让我难以接受，甚至不敢看上一眼，但我还是为这些新的发现而欣喜。还有市场里那些胖嘟嘟的女人忙忙碌碌的样子也很迷人，像一场流动的戏剧。尽管库斯科有令人惊叹的文化与历史，处处都是精美的建筑，但圣佩罗市场却是令我印象最为深刻的地方。那些吃过的仙人掌果一直让我难忘，以至后来只要看到仙人掌果，我都会想起圣佩罗市场。

在离库斯科不远的河谷里有一个叫热泉镇的小镇，这里像一座大本营，只要是计划去马丘比丘的人就一定不会错过，我自然也不例外。我先乘车到鸥雁台，接着从那里坐火车到热泉镇。一下火车我就听到不知从哪里传来的《山鹰之歌》的曲声，这首曲子几乎是整个热泉镇的主旋律，所有流浪艺人都会时不时地演奏一次，尤其在火车站里，它几乎成为热泉镇火车站的欢迎曲和欢送曲。尽管"热泉镇"是这个小镇原本的名字，但是人们更愿意把这里叫作马丘比丘镇，因为小镇到马丘比丘的距离近在咫尺，有专门的巴士往返于镇子和马丘比丘之间，愿意徒步的人也可以选择步行一个多小时走上山去。镇子上到处都有酒店、饭馆、酒吧和商店，全都是服务于游客的。

在智利，人们喜欢把豆子从豆角中剥出来，和其他食材一起炖着吃

热泉镇也有一个令我难忘的小市场。这是我计划搭乘火车离开热泉镇之前偶然经过的一个市场，我被市场门口的两棵开满花的曼陀罗树所吸引，忍不住走进去看看能有什么新发现。尽管热泉镇非常小，但按照占地比例来看这个市场却算大的。市场分为两层，一楼卖新鲜食材，二楼是一家连着一家卖熟食的摊位，每家摊位上都围满了人，这里也卖青蛙汁，最受欢迎的依然是鸡汤饭—— 一种在秘鲁最常见到的食物。我一边逛一边仔细地看每家摊位列出的价格，发现这里是整个热泉镇上食物卖得最便宜的地方了，市场外那些餐厅的价格甚至超过了利马和库斯科。

热泉镇市场一楼卖新鲜食材的区域显得非常拥挤，当我走进去时感觉自己是一个闯入者，因为所有人的目光几乎一瞬间都投向我，探究的、好奇的、打量的都有。我环顾四周，好像除了我一个人是游客，其他人都是本地镇子里的原住民。一时间我有些尴尬，受到这样的关注是我去世界各地的市场或集市时最不喜欢的，我更希望自己被当作平常人一样看待，除了买东西时和我的互动之外，其他时间受到的关注让我感觉很不自在。我转过身假装在一个摊上挑选食材，想避开众人的视线。几分钟后，他们又各自忙碌起来，周围恢复了嘈杂，除了偶然看到他们偷瞄我之外，我和周遭的人都迅速适应了对方的身份。

热泉镇市场里的女人们也都戴着帽子，与圣地亚哥和库斯科市场里见过的帽子相比，她们的帽子又是另外一类样式。这些帽子更加贴近我们认知里的男帽，看起来像是用毛毡做的，又像是皮帽子，也有麦秆色的草编帽子。所有的帽子都有一个统一的特征——帽檐与帽身连接处有一条深色的带子做装饰，再配上胸前有两个大口袋的衣服，二者相得益彰。不知道如果时尚设计师来到这里采风会有什么样的感觉，这种奇妙的搭配方式说不定可以成为新的潮流风尚。她们用来装货品的袋子和铺垫在地上摆放货品的布条也很好看，这些布条一看就是手工织的，尽管很粗糙，但那些鲜亮的花色透露出一股子热闹劲儿，上面摆着土豆或者玉米。市场里几乎没有货柜或者架子，卖菜的商贩都直接把物品堆放在面前的布条上供人挑选。

我们看来很平常的欧芹和薄荷在这里似乎是抢手菜，小葱也是，很多来买菜的人一捆一捆地买了扛在肩上。我本想和几个摊主多聊几句，但刚一开口说英语，他们就捂起嘴咯咯地笑个不停，不一会儿旁边的人都跟着一起笑起来，接着整个卖菜区域的人们都看向我，还有人朝着我站的方向说着什么，虽然我不明白为什么她们会有这样的反应，但是从他们的笑容里我能感受到朴实的友好。

南美洲的高原文化

　　在玻利维亚、秘鲁等南美洲的高原国家，人口的构成情况都比较复杂。除了原住民以外，还有从世界各地迁移过来的人在此会集，加之欧洲国家的入侵和历史上的人口贩卖，使多个种族在这里共同居住生活。不同种族之间文化的融合，造就了这里多元混合的文化样态及独特的风土人情。

古柯叶

在我家的墙面上有一幅摄影作品，名字叫《天空之镜》，画面干净清透，它是我在南美洲旅行期间拍摄的。每当我驻足在这幅作品前，思绪就会被带回到那段旅程。对我来说，那已经不是一次普通意义的旅行，而是一次历险了。

"天空之镜"乌尤尼位于南美洲玻利维亚。去乌尤尼时我从首都拉巴斯转机，当走出飞机舱门的那一刻，我就感受到了高原反应的厉害。尽管有高原旅行的经验，但在找转机登机口的时候，我还是难受得连走路都困难。等待飞机的间隙，拉巴斯的日出刚好出现，机场的大玻璃窗外一片粉色，我很想去窗前好好欣赏一下景色，可惜身体的不适以及剧烈的头痛让我一步都不想挪动。

第二段飞行的过程中我还是蔫蔫的，飞机在乌尤尼机场降落后，我从舷梯上走下来的瞬间忽然有了精神。或许是受高原冷风的刺激，或许是受到同行人的感染，想到即将要去的"天空之镜"——一个需要长途跋涉才可以到达的地方，心里难免激动起来。提前预订的小旅行社派来了司机接我，司机在机场外高举写着我中文名字的接机牌，对着每个经过的亚洲面孔都喊一声"阿米哥（amigo：西班牙语'朋友'的意思）"，见我上前，他的神情似乎比我还要激动，我们互相确认了身份之后，他又带我返回行李传送处取我的行李。事实上，乌尤尼机场并没有常见的行李传送带，旅客们的箱子都是从一个窗口被直接丢出来的。拿上行李后，他便开车带我往乌尤尼镇上驶去。

　　我们先来到旅行社办理手续。一位热辣又热情的女士迎了上来，用英语问候我之后，她的双手竟很自然地挽上了我的胳膊，这个举动让我很吃惊，因为完全不符合常理。接着她用日语说了一遍"日安"，我连忙用英语纠正道："我来自北京，来自中国。"她一开始没有听懂，继续冲我说着日语，我再次重复了一遍，她才反应过来，发出一声惊叹："哦，是中国啊！多么遥远的地方！"

　　中国对于玻利维亚来说是遥远的，玻利维亚对于中国来说也是遥远的。我穿越千山万水才来到此地，发现这里不像任何一个我曾到过的地方，这里是一块充满着自我的土地，在南美洲旅行期间我一直有这样的感受。这片土地太不一样了，就连风和云都与其他地方的不一样。手续办好之后，这位热情的女士把司机为我画的路线图又重新画了一遍，把司

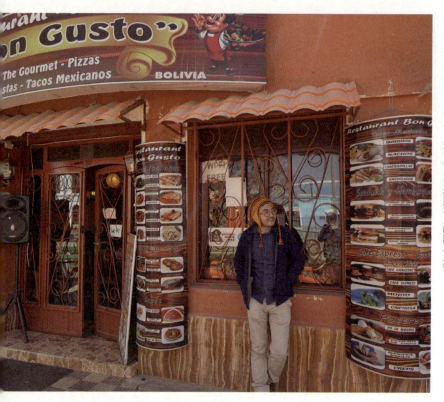

机说过的话又重新说了一遍。我明白她是好意，于是耐心地听着，等她讲解完接下来的行程安排后，我抓住机会问她哪里有特色的餐馆可以推荐。当时我真怕她再把整个乌尤尼镇子从头到尾给我画一遍。她推荐我去本地人常去的餐馆，因为会比专门接待游客的餐馆便宜不少。

我按照那位女士的指点，沿街走了大约两个路口，就看到一家家餐厅整齐地出现在路边，门口几乎都贴着餐品的大幅图片。从这些图片的设计上来看，像是出自同一个设计师之手。这些图片有的贴在店家的窗户上，有的贴在店家门上，还有一些贴在店家门口的牌子上。大部分图片上都没有标明餐品的价格。我猜想这大概就是专门接待游客的餐馆吧。我继续在街上散着步，不知不觉便走到了镇子的中心，这里有一个由一小片绿地和一组喷泉组成的小广场，一群穿着颜色亮丽的传统服饰的当地人坐在墙角低声地聊着天。

仔细看他们的衣服，面料是由各色彩线织成的粗布，看得出来这里无论男女都偏爱亮色，以亮红色、亮粉色为主，再配上亮蓝色与亮绿色，看上去这些颜色好像还都泛着荧光，和周围房子的颜色般配极了。女人们都穿着及膝的绒布裙子，再搭配毛线长裤与黑色的小皮鞋，有些女人还常常会在裙子外面套一个罩衫，或许是怕弄脏了那身艳丽的衣服。我注意到，这里很多人的衣服下面都藏着一些小袋子，袋子里装着当地特色的古柯叶。还有些人会把口袋挂在衣服外面，男的则大多把袋子挂在胸前。袋子的颜色也非常艳丽，每个袋子下方都挂着三串小绒球，每串三只，一共九只。我猜这些绒球或许有某些特殊的含义。

我走上前去，想问她们关于衣服的讲究，有一两个女人害羞地跑开了，另外几个外向的向我围了过来。我说了几个简单的英文单词，估摸着她们或许能听懂，但结果却是我们完全无法交流，她们只会说西班牙语，声音轻而柔软，和我在西班牙听到的很不相同。她们努力向我说着什么，看到我无法理解，就和我一样，也换成用肢体语言来表达。其中一个镶着金牙的女人从口袋里掏出一大把古柯叶往我手里塞，接着又拿出了一小团灰褐色的东西给我，让我把两样东西混在一起放到嘴里，我一一照做，并且学着她们的样子用嘴咀嚼。另一个胖胖的女人用略微夸张的动作告诉我不要把这些吞下去，要像她一样嚼一会儿就把残渣吐掉，说着，她就"呸"的一声，把嘴里的残渣都吐到了地上，动作干净利落。

我又试着去和另一边蹲在地上的男人们聊天，想看看他们的小口袋里装的是什么东西，但他们比那些女人还要害羞。离开之前，我拿出几枚硬币给那位给我古柯叶的女人，她难

⊙ 在乌尤尼的镇子上，当地人拿出古柯叶让我尝试

为情地向我摇手，表示她并不想用古柯叶换钱，我依旧把钱塞到了她的手里，之后便匆匆离开了。我边走边嚼着古柯叶，感觉嘴越来越麻，再之后连嘴唇也变得发麻，我赶紧吐掉了所有的叶渣。当我再回头看她们时，她们也正看向我这边，她们头顶上的圆圆的小礼帽晃来晃去，一道阳光刚好照在礼帽上，给每顶帽子都勾勒出一道金边。后来这个场景一直留在我的印象里。

乌尤尼镇子极小，总共不过几条街，街上不时会出现一些流浪狗，三五成群地在街上跑着，到处找食物。我把古柯叶装进口袋，想把嘴里的残渣都吐干净，但有些困难，我的口腔里沾满了古柯叶的碎末，加上嘴唇还是有些发麻，就更想尽快找一家餐馆去吃东西。于是我又回到那个贴满图片的餐厅集中的地方，随意走进了一家，点了两道菜。此刻我已经没有了对于美食的期待，端上桌的肉看起来像煎过的牛排，味道却不太像牛排，肉旁放了几瓣柠檬，我迅速地吃完了整盘食物，才把刚刚古柯叶残留在嘴里的味道驱散掉。

尽管到达乌尤尼镇子上时，我的高原反应已经好了许多，吃完饭身体也舒服了一些，但我依然担心高原反应会再次袭来。于是我找到一家药店，买了一盒药店老板推荐的治疗高原反应的药，二话没说就吞下两片，这才感觉安心了。我又迅速地回到旅行社，结算了接下去几天在玻利维亚的费用，便催促司机送我回旅馆休息。

这个旅行社在镇上给我安排的旅馆，几乎是我住过的最特别的地方了，整座旅馆都是用盐砌成的，无论是墙，还是床头柜，或者桌子，房间里的一切物品几乎都和盐有关，就连地面都铺满了盐。在旅馆房间里，我的高原反应变得严重起来，甚至比我在拉巴斯机场的时候更加严重一些。我头痛欲裂，精力几乎被耗尽，甚至连脱衣服的力气都没有，直接躺到床上睡觉了。

从我躺下到第二天早上，我一直处于半梦半醒的状态。醒来时我的精神恢复了一些，一辆看起来有些年头的吉普车来到盐旅馆接我。这辆吉普车是我在乌尤尼镇子上那家小旅行社提前预订了座位的（其实就是和其他游客拼车），前一天预订好，第二天车就会去约定好的住处接上客人。我是最后一个上车的，接上我之后，吉普车径直往乌尤尼盐湖开去。

车子开动，车后扬起一道长长的白色尘土，车上的人便是我在玻利维亚旅行期间的团队了，这画面很像一部公路电影的开场。我努力地挤出一个微笑和大家互相问好，尽管身体感觉好了一些，但依然不是很爽快。我猛吸了几口气，又做了一个简单的自我介绍，就算和大家认识了。在这次的旅途中，我很庆幸认识了格里克，还有莫里斯，以及一位来自中国台湾现在定居美国的大叔，正是由于他们的帮助，我才能顺利完成行程。

我和莫里斯以及格里克都喜欢酷玩乐队（Coldplay），这一点是我们在听到司机阿米哥车里播放的音乐之后发现的。在前往爱德华多·阿瓦罗阿（玻利维亚西部省份）的路上，阿米哥的车上突然响起了酷玩乐队的 *Yellow* 这首歌，当时我们的车子正好经过一片原野，十分应景。阿米哥是我们此行的司机兼向导，他会的英语不超过 10 句。阿米哥并不是他的名字，而是由西班牙语 amigo 直接音译成中文而来的，阿米哥原本的意思是朋友，在乌尤尼镇子的街上，我也会经常被喊作"阿米哥"。

我们的这位阿米哥当然也喊我阿米哥，于是，整车的人都是阿米哥了，我们这辆车子也成了一辆载满阿米哥的车。向导阿米哥本人说一口流利的西班牙语和当地的方言，西班牙语我还能勉强听懂几句问候的话，而当地方言就完全听不懂了。阿米哥说的方言是克丘亚语，是南美洲原住民经常使用的一种语言，原本克丘亚语是库斯科的印加皇帝钦定的官方语言，但后来当地的天主教会出于某种原因，更愿意用克丘亚语向生活在安第斯山脉的美洲原住民传教，这使得克丘亚语在南美洲的很多地方传播开来。

同行的格里克是罗马人，说意大利语。有意思的是，他成了我们这车人的翻译，据他说，意大利语和西班牙语有很多单词的发音都是相似的，所以只要他仔细听，大部分时候可以听明白西班牙语的意思。车子行驶到了乌尤尼盐湖景区，

⊙ 随着海拔的升高，路边出现了被风侵蚀的冰凌

　　窗外是无边无际的盐湖，开了一段时间之后，无论前后左右都已经看不到陆地了，盐湖里也没有任何路标指示方向，但阿米哥却在音乐声中自如地开着车子，他带队来过无数次，对整个盐湖地区都了如指掌。

　　乌尤尼盐湖是全世界最大的盐湖，面积超过一万平方千米，这个神奇的大盐湖的形成从史前就开始了。这里原本有几个大湖泊，经过几万年的变迁，如今湖水已经消失，只留下了这片令人惊叹的盐湖，白茫茫的一片，就像刚下过雪似的。

　　出发没多久，我就开始流鼻血，我试着用纸团塞到鼻孔里止血，但是一团又一团的纸被我的鼻血浸湿，我只好不断地换纸，但一直无法止血。没多久，车上另外两个人也开始流起鼻血来。我一边努力止血，一边抓了几片古柯叶放进嘴里嚼起来。

　　这种古柯叶是一种灌木的叶子，制毒者会用古柯叶提取可卡因以制造毒品，但事实上对于这些生活在安第斯山脉周边的南美洲国家原住民来说，这是再平常不过的东西。咀嚼这种叶子可以抑制疼痛和疲劳，还有助于克服高原反应，生活在安第斯山脉的人几乎每天都把古柯叶泡水喝，或者直接放进嘴里咀嚼。尽管国际上一直在讨论是否应该禁止古柯叶的买卖和消费，但是对于生活在这片高原上的居民来说，古柯叶只是他们再自然不过的一种日常必需品，是他们在没有先进药物的环境里可以找到的一些可以帮助呼吸和减少疼痛的叶子罢了。

我们三个人的鼻血一直都没有止住，嚼古柯叶和用纸堵鼻孔都无济于事。司机阿米哥停下车，打开车门让我们下车走走。看他一直笑着，我就知道这应该不严重，显然他已经见怪不怪了，来往于这片高原的旅行者中一定不少人都有过这样的经历。

下车走了走我感觉好一些，事实上鼻血并不是高原反应引起的，而是因为这里干燥的空气。在一大片龟裂的盐湖上，没有一丝水汽，不仅嘴唇会干裂，就连鼻子也干裂起来。我用水清洗了脸和鼻子，在这里水很珍贵，在乌尤尼镇子上我也只买了供两天使用的水。于是我又尽快捏紧了一个纸团塞进鼻子里，下车走了一圈果然有效，我的鼻血止住了。

乌尤尼盐湖在正午时分显得纯洁无瑕，我努力地睁大眼睛去欣赏眼前的景色。盐湖里的盐有规则地凝结成一片一片的，看上去像铺满雪的北极，空气也是凛冽的，阳光直射在雪白的盐湖上反射出的光让眼睛没法完全睁开，这样看着就

⊙ 乌尤尼盐湖中的仙人掌岛（上）
⊙ 盐湖边的一辆小车，它从法国出发，和它的
主人一起漂洋过海来到这里（下）

⊙ 我们乘坐的吉普车，穿过一片奇石区，继续向玻利维亚南部进发

更感觉像冬天了。我找了块平坦的地方躺了下来，想感受一下大自然造物的神奇，但我们还要继续赶路去往南边，无法容我多做停留。

车子继续开起来。如此景致我却无法好好欣赏，身体一直不舒服。我和莫里斯换了一个座位，倚着车窗半躺在最后一排的座位上，我能听见他们一路上都在讨论车窗外的景色，而我却已无力顾及。随着车子的行驶，海拔越来越高，超过了 4500 米后，我的呼吸也越来越不顺畅。

我往车窗外望去，此时景色已经变了模样，身边一个又一个大湖接连出现在眼前，到处都是火烈鸟，远处一座火山连着一座火山，而且几乎都是活火山，山顶冒着烟。我从未见过如此的景色，绿色的湖水里是白色的盐岛，火烈鸟在悠闲地觅食。这场景真是梦幻，所有形容美的词语在此刻都显得苍白无力，这一刻我似乎缓过神来，头也不痛了。车子停下，我下车坐到火烈鸟来往的湖边，大脑完全放空，不去想任何事，也没有新的想法冒出来。我只是静静地坐在那里，看着眼前的景色，听着周围的声音，享受着这一刻。

高原村落的历险

旅行，就是把自己丢入另一个维度的空间里，让自己离开原本熟悉的生活，去体验一种完全不同的生活方式的过程。这种经历丰富了你的人生，让你获得了某种自由。然而旅行中的自由，也往往与危险同在。

离开了乌尤尼盐湖的那天晚上，我们被安排在一个高原村落落脚，那是在爱德华多·阿瓦罗阿安第斯动物保护区里的一个小村落。这里有这样一个村子着实令人意外，因为周围的环境看起来完全不像有人能在此居住的样子，但的的确确有这么一群安第斯山民住在这里。这个村子因为游客的停留而显得有些热闹，村里的道路上停满了各式各样的越野车，大家都在这里补给休息，每一辆越野车顶上都装满了货物和装备。村里的原住民对于如何接待旅行者已经十分熟悉，见到有车停下，他们就开始忙碌起来，家家户户的院子里都冒起了炊烟，他们会给旅行者准备一些热的食物。在和旅行社确定行程的时候，我并不知道会来此地，因此可以说这是意外的收获。看着当地人有的在帮忙卸货装货，有的在冲咖啡、做古柯叶茶，我很想上前和他们交流一番，可惜语言不通，我只能从他们的眼神里感受那份友好和纯粹。

村子很小，只有几户人家，我们被安排在一处低矮的房子里。车上的所有人都被带进了同一个房间，里面有个简易的能够睡觉的地方，阿米哥给我拿来了睡袋，我立刻躺了进去。由于我们一直处于海拔 4500 米左右的高度，我的头痛始终无法彻底消除。我就这样度过了整晚。

第二天早晨我起得很早，先大口地喝了些水，又喝了村民们准备好的咖啡。当我走出房间想去呼吸一口新鲜空气时，看到很多人都已经起床了，大家都站在门口晒着太阳，空气依然凛冽。只见房子门口竖着一个牌子，用西班牙文和英文写着：这所房子旁边有一个墓地，欢迎旅行者们前去参观。尽管我还挺有兴趣，但可惜不能过多走动，我必须尽量保持体力。晒了一会儿太阳后，我进屋吃了几条巧克力，又灌了两杯咖啡，打包好睡袋之后，我们又开始了新的行程。车子继续往南开，据说村子附近的山上有山洞，那里有一些古代安第斯山民的遗迹，包括古老的岩画，甚至还有木乃伊。可惜这一切我都无法亲眼看到，因为此时我已没有多余的体力再去爬山了。

爱德华多·阿瓦罗阿保护区里遍布着活火山、间歇泉、各种喷气孔和迷人的湖泊。我们一路上遇到了很多动物。整个保护区内只有两三个小村落。我们前一晚过夜的村子叫克特纳车寇村，人口总共不超过 500 人。克特纳车寇村的人除了养一些羊驼，偶尔捡一些火烈鸟蛋出售外，最重要的事就是接待世界各地来的游客了。远道而来的游客和他们像是生活在两个平行世界里，他们照顾好来的人再把大家送走，然后依旧过着自己的日子，迎来送往已经成为这个村子的日常。

在爱德华多·阿瓦罗阿保护区的第二晚，我们住在了一个海拔接近 5000 米的小村子里。到了住地后，我开始不停地呕吐，额头的血管也不停地跳着，脑袋痛得像要炸裂开一般，我没有一点力气，甚至连去厕所的力气也没有，呼吸开始变得困难。我紧张起来，我的听觉似乎也出现了问题，我能分辨出有人在和我说话，但是却听不清楚。同行的人都围了上来，询问我的情况，但我一句话都无法说出，只能大口大口地呼吸着。阿米哥也来了，摸了摸我的额头，问我要不要去医院。听到医院，我像找到了救命稻草，精神立刻好了一些。"要去，立刻！"我说。阿米哥和大家开始讨论起来，离得最近的医院在智利，要 6 个多小时的车程，我们所在的爱德华多·阿瓦罗阿几乎是无人区，白天还相对安全，但此刻是夜晚，如果从这里开车去往智利，不仅全程没有路灯，而且车子几乎都要在悬崖边行驶，这样的路况实在是非常危

⊙ 玻利维亚南部的爱德华多·阿瓦罗阿自然保护区，这里火山遍布，却是火烈鸟的家园

⊙ 红湖是保护区内众多湖泊中景色最为迷人的一个湖

险。但如果从这里再开车返回乌尤尼，也需要一整天的时间。最后所有人都不知该怎么办才好。

我持续地呕吐着，已经无法自己行走，吃下去的药片过不了多久又被全部吐出来。阿米哥走开了一会儿又回来，端着整整一碗古柯叶煮的水，扶我坐了起来，喂我喝下后又让我躺下。但是不一会儿我又不停地呕吐起来，这次更厉害了，阿米哥又煮了一碗浓浓的古柯叶水喂我喝下，那苦涩的草药味我至今都记得。在我无法吃下任何东西的时候，古柯叶水更像毒药一般让我难以接受，但我不得不喝下去，因为这是唯一有可能缓解我身体状况的东西。

古柯叶水一碗接一碗地被我喝下去，又一次又一次地被我吐出来，呕吐一点没有得到缓解。我也不再想去医院，昏昏沉沉地睡下了。整晚我都处于神志迷离的状态，很多人在我的脑海中浮现，有一些甚至是很多年都没想起过的人。我想起了小时候的玩伴，想起了上中学时的场景，想起了住在巴伐利亚的那个冬天，还想起了远在西安的家人。迷离中我一直很紧张，整晚都在努力呼吸，脑海中不停地浮现着各种各样的过往，甚至出现过幻觉。

第二天一早，我明显地感觉到自己的情况更糟了，哪怕眨一下眼睛头都会痛。所有人醒来后，第一件事就是过来询问我的情况，格里克开玩笑说："还好，还有呼吸！"他又拿出药片喂我吃下，莫里斯也帮忙拿来一大瓶水给我灌下，

台湾大叔细心地帮我处理掉呕吐物。我使出所有力气爬出睡袋，被大家扶上车去。地平线上已经泛起红色，太阳慢慢地升起。大家决定一大早就出发，为了让我就医，车子直接返回了乌尤尼镇，中间不做停留。一路上所有人都对我非常关心，我半躺在最后一排座位上，时不时有人过来看看我的情况。我不停地大口大口地呼吸，不停地喝水，只有在停车休息的间隙才下车看看安第斯山脉的壮美景色。司机阿米哥一路都把车开得很快，知道即将回到乌尤尼镇，我的心情也开阔了许多，昨晚那种紧张感已经消散了一些，我带着几分期许，希望车子能开得再快一些。我知道阿米哥已经尽力了，因为我能感觉到车胎有几次甚至在悬崖边打滑，但我仍然感觉时间过得漫长。

○高原上的草，一簇簇像精灵的头发一般，肆意生长（左）
○羊驼脖子前挂着的绒球，是主人用来区分自家羊驼的标志（右）

　　原本到乌尤尼镇的车程要一整天，结果下午我们就到了。下车的那一瞬间，我像泄了气的皮球一样，一下子瘫坐在地上，大家下车帮我把行李全部运到我住的房间，那是在乌尤尼镇子上的一家酒店，选择这里是为了方便我第二天一大早坐飞机去拉巴斯，因此对于住宿条件我没有抱任何期待。我推门进去，酒店的人立刻迎了上来，动作比正常的速度快，我很顺利地被送到床上，喝了一大杯水之后沉沉地睡去。那是我几天来睡得最轻松的一觉，连续好几个小时，没有头痛也没有晕眩，感觉非常舒适。等我醒来已经是晚上了，除了身上感觉有些乏力之外，我全身轻松，好像这几天什么都没有发生过一样。一阵饥饿感袭来，我才意识到自己已经几天没有吃进去任何食物了，此时我感觉自己能吃掉一头牛！我迅速地拨通酒店餐厅的电话，点了一大盘菜和一份鸡肉汤面，又急切地从箱子里拿出五块巧克力，一口气吃了下去。

此次行程的下一站原本是去拉巴斯，但拉巴斯也是高原城市（平均海拔 3600 米），我担心自己的身体持续出现高原反应。因此在回来的路上，我已经计划在休息之后就改飞利马或者库斯科了。没想到睡过一觉之后，我竟然神奇地恢复了，好像前三天就是老天和我开了一个大玩笑。

等了一会儿，我点的大盘菜和鸡肉汤面还没有送来，我饿得实在太难受就跑到餐厅去催促。服务员恐怕从没有见过如此着急的客人，赶紧到后厨拿来面包让我先吃。面包很新鲜，应该也是才烤好的。我两口就把面包吃完了，看到我这样的吃相，服务员女孩先是吃了一惊，随即迅速转身跑进了后厨。终于，我点的菜在她的帮助下很快就送到了我的面前。

一盘菜和一碗面几乎是被我倒进肚子里的。吃完后，我觉得还是没吃饱，于是又加了一份鸡肉面，要知道，这已经是我平常饭量的两倍了。与之前的连续呕吐、无法进食相比，现在这样的饥饿感反而令我心里踏实。吃完最后一口面时，我的泪水不受控制地喷涌而出，因为怕被人发现，我匆忙交代完餐费记账后就逃一般地掩面离开了。回到房间后，我才发现自己跑到餐厅吃饭又跑回房间，一直都光着脚，没有穿鞋。泪水再一次不受控制地涌出眼眶，我说不清这到底是为什么，任由自己的情绪宣泄着，眼前像是隔了一层水雾。这一刻，我想家了，想在家里的暖气旁吃一颗红红的柿子。然后，我又睡去，睡前我上了闹钟，因为我决定，第二天按原计划飞往拉巴斯。

第二天，我一大早便醒来了，全身透着一种充分休息后的轻松感。出租车行驶了不到 5 分钟就把我送到了机场。值机的柜台里站着一位上了年纪的玻利维亚女人，黝黑的头发和皮肤一样明亮，制服上挂着一个名牌，上面写着她的名字——安杰拉（Angela）。她穿的制服不是全套的，只有上半身，裤子则是非常贴身的牛仔裤，显得腿很细长。这女人的嘴里正嚼着什么，我猜想那也许是古柯叶……

通过这趟旅行，我和格里克、莫里斯以及台湾大叔结下了战友般的情谊，分别前我们互相留下了联系方式，希望今后能继续互通信息，也许聊聊新的旅程，也许将来有机会再相聚。我还和台湾大叔讲好，如果将来再见面，一定要去他家里喝杯茶，聊聊我们这一回的经历。

去玻利维亚

　　玻利维亚除了有知名的乌尤尼盐湖"天空之镜"之外，还有众多惊喜和精彩。比如南部无人区、北部亚马孙地区，从低地到高原，玻利维亚丰富的地貌和自然环境使这里成为探险者的乐园。但提到亚马孙雨林，只有少数人知道玻利维亚境内也有不少面积位于亚马孙地区。

　　去玻利维亚高原的时候，一定要警惕高原反应，当地不仅医疗资源比较匮乏，甚至大部分地区都是无人区，如果出现高原反应会很危险，因此到了那里一定不要忽视自己的身体反应。我虽最终躲过一劫，但这只是侥幸，这种侥幸不应该被提倡。到高原地区旅游，只要发现有高原反应的迹象，就应该尽早去医院就医或尽快回到低海拔地区，否则严重的高原反应甚至会引发生命危险。

　　乌尤尼的"天空之镜"如今是玻利维亚最知名的一张名片，亲身来到这里后，你会发现乌尤尼的美是超乎想象的，那种无限延伸的美是摄影师和旅行者的理想之地。如果是冲着"天空之镜"的镜面效果而来，那么雨季肯定是最佳季节；如果想要看乌尤尼及周边更多风景的话，旱季来更好一些，因为只有在旱季，硬化的地面才方便车辆穿越整个乌尤尼地区。

的的喀喀湖是玻利维亚另一处值得前往的地方。的的喀喀湖一半属于玻利维亚，一半属于秘鲁。这个海拔将近4000米的湖泊的名字充满了童趣，关于为什么叫这个名字，有许多说法，这也是南美洲众多谜团当中的一个。的的喀喀湖居民的生活方式也同样有趣，比如乌鲁斯人，他们用的的喀喀湖周围生长的芦苇编织成人工岛屿，日常就住在自己建造的芦苇岛上；他们还就地取材用芦苇建造船只，当地人开玩笑地把他们的芦苇船称作"奔驰"。据说乌鲁斯人曾经生活在亚马孙河沿岸，后来迁徙到的的喀喀湖，但在这里他们无法获得属于自己的土地，所以就动手建造了芦苇岛，在有必要的时候他们还会将自己建造的芦苇岛移动到湖的不同位置，以确保安全。

　　芦苇岛上的一切几乎都是用芦苇做的，就连乌鲁斯人所居住的房屋也都是用芦苇搭建的，建造屋顶的时候他们更愿意用青芦苇，而不用干芦苇。日常生活中，女人们在芦苇岛上小心翼翼地烧火做饭，男人们负责外出捕鱼，日子过得原始而悠闲。他们还用芦苇在岛上建造花园，种上喜欢的植物以增加生活乐趣。乌鲁斯人都热爱色彩，尤其是女人，她们穿着各种颜色的裙子，看得出来她们尤其喜爱亮粉色和亮蓝色这样的明亮色彩。女人们几乎都编着两条长长的辫子，手中不停地忙碌着。

女巫市场与巫医

"哇！真的是你吗！"我和格里克同时喊出声来。在拉巴斯女巫市场的青石街上，我和去乌尤尼时的同伴格里克又相遇了！

我们重逢的过程像是有人专门安排的一样。当时我参观完修道院旅馆出来，发现落了东西又返回去拿，当我再次走到门口时，就看到格里克从我面前走过，然后我们同时发现了对方。前一天我们才在乌尤尼飘着尘土的街上互相道别，我气息微弱地欢迎他到北京找我，他也和我相约罗马，没想到这么快我们就又见面了。之前他并没有提起他会到拉巴斯来，我们不约而同地说道："拉巴斯的女巫市场，这里确实地如其名，是一个有魔力的地方，不用在北京见了，也不用在罗马见了，我们就在这里见！"

兴奋之余，格里克关切地询问我的身体情况，我跳了两下，又拍了拍胸脯说："看，还有呼吸呢，还能跳。"随后我们两个人都大笑开来。笑过之后，格里克的神情变得严肃了，他说他在意大利读过医学专业，前两天我的状况让他非常担心，据他的了解那是一种极其危险的情况，随时可能出现生命危险，我的那些症状很像高原脑水肿，如果没有得到妥善治疗，可能会失去生命。我这才理解他那晚为什么会时常翻开我的眼睛看，当时我几乎失去了判断力，以为他当时讲的那句"还好，还有呼吸"是句玩笑话，现在才知道那时的格里克一定非常紧张。

我问他那两天给我吃的白色药片到底是什么，他说那些药片是帮助缓解不适症状的，虽然我还是不知道药片的名字，但从心底觉得格里克就是我的救命恩人，是他帮我捡回一条命来。我一时想不出该怎样报答他，只能默默地记住这份情谊。格里克说女巫市场里也卖古柯叶，让我再备上一些，并且嘱咐我不要再像刚才那样跳了，毕竟拉巴斯也属于高原城市。我想请他吃饭表示一下感谢，他摆摆手开玩笑地说，我欠他的命以后再找机会还。

格里克和我一起逛了一家乐器店，出来之后我们留了一张合影便分开了。他是我人生的众多过客中我会清晰记得的一位，我没有问他接下来要去哪里。

旁边的杂货铺里播放着拉丁音乐，阳光铺满整条巷子。看着格里克拐进女巫市场的另一条小巷，我找了个台阶坐下来，开始回忆过去遇见的各种各样的人。在挪威乡下那个带我去森林中找蓝莓的人，在杜塞尔多夫那个和我一起看莱茵河日落的人，在西雅图那个和我一起躲避大雨的人，在贝尔格莱德那个给我展示她家菜园的人，在芒通那个指责我手中拿着柑橘的人……他们都在一瞬间闪过我的脑海，他们填补了我人生中一个又一个空白。

拉巴斯是玻利维亚的首都，但并不是玻利维亚唯一的首都。是的，这个国家有两个首都，另一个叫苏克雷。两座城市都是高原城市，拉巴斯的平均海拔在 3600 米左右，虽然和乌尤尼的海拔高度差不多，但我却感觉这里比乌尤尼的海拔低很多，大概是因为我的身体已经适应了。尽管如此，在旅馆里我依然不敢洗澡（听说到了高原尽量不要洗澡，于是我连续 5 天没有洗头洗澡），出门时就戴一个帽子。帽子是在秘鲁首都利马的市场里买的，看起来就和当地人的一样时尚。

就在我的脑海中闪过无数回忆的时候，一个售卖各种珠串饰品的编着长长脏辫子的人忽然出现在我面前，他旁边还跟着另一个人，几乎和他是同样的打扮，只是嘴唇上多了几颗唇钉。他们在台阶上迅速地摊开一张花布，麻利地打开背包，把里面的东西哗啦一下子全都倒在了花布上，然后一件一件地摆放整齐。那是一些看起来奇形怪状的珠串饰品。可能他们觉得我坐的这个地方是个好位置，可以作为今日的摊位。我饶有兴趣地和他们聊了起来。他们是从北欧来的，我好奇他们为什么会来到这里摆摊，原来他们也是旅行者，每

◎ 拉巴斯街头的女人戴着圆礼帽，穿着蓬蓬的百褶裙

Café · Bar
Época
Boutique
CAFE · MATE BLANCA · EXPOSICIÓN

COCA

MUSEO

1700

拉巴斯街头一家卖纪念品的小店

到一个地方，就会买一些当地的特色小商品，然后拿到下一个目的地去售卖，以赚取一些旅行的经费，这是他们旅行的方式。我忽然想起了过去看过的一部电影，情节和我眼前的如出一辙。看起来他们并不关心明天会如何，只为今天而忙碌，日子过得倒也充实。

拉巴斯的女巫市场是个神奇的地方，这从商店门口悬挂的那些小羊驼的干尸就可以感受到。在这里售卖的很多都是令人意想不到的东西。比如，假如你的情人背叛了你，你可以在女巫市场里买到惩罚他的咒语；假如在生意场上有人总是给你找麻烦，那么你可以在这里找到替你报仇的药水和咒语。市场里的这些东西，大多数都和健康、爱情、财富、长寿有关，这是女巫市场里所有神奇元素的核心。

我在女巫市场里连续逛了几家店，总是不小心被头顶的羊驼干尸撞到，前两次撞到时我总会感觉头皮发麻，心里有点害怕，只得小心翼翼地避开走。这些小羊驼的干尸是用流产的羊驼制成的。在玻利维亚，人们笃信一种说法，如果有人家里盖新房子，那么在地基下埋一个流产的羊驼干尸，会给家里带来健康、幸福和好运。这样做不仅能给家宅带来一种无形的保护，也能给盖房子的工人带来保护，以免这些工人受到意外伤害。还有些人相信这些羊驼干尸对传宗接代也有帮助。我虽没有亲眼见到当地人盖房子时掩埋羊驼干尸的场景，但能想象得到他们一定非常虔诚。

　　女巫市场里有一些特殊的女人，她们戴着黑帽子、胸前挂着古柯叶袋子，她们被称作"亚提里"，是南美洲最后一批女巫医。她们的命运和欧洲的女巫完全不同。在一部《女巫之锤》的书中极其详细地列明了关于如何识别身边女巫的各种方式。欧洲中世纪时期的女巫审判声势浩大，当时宗教势力在欧洲非常强大，信徒们坚信只有上帝才是唯一可以拯救苍生的神，容不下其他自然的神力，所以欧洲的那些女巫们就被教会妖魔化。我们如今看到的那些可以骑着扫帚飞行的女巫形象，以及影视剧里施展魔咒的女巫形象都是被教会描绘出来的，于是那些女巫大多死于非命。其实中世纪的女巫审判中，有很多人并不是女巫，却被冠以女巫之名。那个时期，接近十万人被处死。

如今在欧洲已经难觅女巫的身影，但拉巴斯女巫市场里的这些"亚提里"依然在这里迎来送往，帮助满脸愁容的人，她们号称自己会读取命运，也可以治愈疾病。遇上善男信女，她们就会念上一阵咒语，然后给他们一些神秘的药物或者一撮古柯叶，但这些究竟能否缓解病痛，谁也不知道。但她们的存在至少给当地人带来了希望，这希望就和当我知道可以从玻利维亚的小山村回到乌尤尼时一样。

女巫市场里的"亚提里"是本地文化最深刻的标志，从过去到现在，一直记录着人们的恐惧、期待和愿望，她们本身就是一部行走着的纪录片。回看巫医的历史，现代人一定会觉得不可思议，但如今经过演变，巫医的方法也有了一些科学的解释。现在人们把巫医中的一些手段叫作精神疗法，就是心理治疗。我想起了在丹麦一家咖啡馆里遇到的一个女人，她是加拿大人，和前任丈夫离婚后嫁给了现在的丈夫，两人生活在丹麦的欧登塞小城，她与我提起过能量感受，认为这些都是有精神指导意义的。她还送给我两块幸运石，我带回家后毕恭毕敬地放在床头，还按照她的指点，在太阳好的时候，我都会把幸运石拿出来晒一晒。她说太阳晒过之后，幸运石会吸收更多的能量，能给我带来更多的庇护。于我而言，我只是单纯地愿意相信一些美好的事物罢了。

科幻之城拉巴斯

　　玻利维亚的食物处处透着粗犷的气质。肉不是大块的，就是整只的，羊驼肉、烤乳猪肉、鸡肉和豚鼠肉都是常见的食物，平常的餐馆里很少能见到鱼，有的话也只是炸鱼薯条。

　　我在拉巴斯找了一间离修道院旅馆不远的餐厅用餐，里面有炸豚鼠。因为之前已经见过了活的豚鼠，所以我现在看到这道菜完全提不起食欲来。尽管玻利维亚不临海，但是从拉巴斯出发一路向北，海拔下降 3000 多米后所到达的地方就是亚马孙雨林，亚马孙雨林在玻利维亚境内面积并不小，但常常被人们忽略。亚马孙雨林给玻利维亚提供了丰富的资源和食材，可惜在大多数餐厅的餐桌上，食物都非常单调，就如同玻利维亚人一样朴实。我最爱喝玻利维亚的汤，在乌尤尼镇上喝的鸡肉汤已经让我觉得十分满足，到了拉巴斯我又喝到了更多花样的汤，比如花生味的汤和藜麦汤等。藜麦

汤里常常会加上牛肉、猪肉和鸡肉，辅以洋葱和玉米粒，再挤上柠檬汁调味，味道醇厚而不腻。

如今，拉巴斯和秘鲁首都利马一样，也涌现出了一批创新菜餐厅，很多游人来到拉巴斯会专门慕名前往这些餐厅用餐。比如拉巴斯知名的古斯图餐厅（Gustu），很多人都说，想不到世界上最好的餐厅之一的联合创始人克劳斯·迈耶会选择玻利维亚作为他新的冒险地。在他的帮助下，丹麦女孩卡米拉·塞德勒来到拉巴斯开了这家餐厅。这家餐厅同时也是一个餐饮培训学校，这里已经培养出了一批很好的厨师。如今的古斯图餐厅，已经被评为南美最值得前往的餐厅之一。

在这里，厨师们所追求的是努力地把食物最本色的味道呈现出来。他们努力把食物变得简单易懂，但在实际操作上却蕴藏了很多技术。厨师们需要美味与美观兼顾，力求给用餐者呈现出一道完美的食物艺术品。他们不仅要研究菜品，还要研究气候，研究地貌，研究种植。他们不仅要知道各个时节哪种食材的状态最好，还要知道同一种食材在不同产区会呈现出哪些不同的特点。关注时令、关注环境是烹饪的最高境界，这样做出来的菜品才会让人感觉温暖。

玻利维亚也有葡萄酒产区，这是我到玻利维亚后才知道的"小惊喜"。这儿的葡萄种植区都在海拔 1800 米以上，使得这里的葡萄风味尤为特别，酿造出的葡萄酒很惊艳。在古

斯图餐厅，本地食材与本地的高海拔葡萄酒搭配在一起相得益彰，食客能够完完全全地感受到地道的玻利维亚风味。

　　拉巴斯是没有地铁的，但这里有另一种令人叹服的公共交通方式——缆车，这也是世界上第一个将缆车作为主要交通网络的城市。城市上空，缆车轨道交错穿叉，当你走在拉巴斯的街道上，抬头看向空中的时候会有一种跨越时空的未来感；而当你坐进缆车一路前行时，又仿佛置身于一个超大的游乐场之中。

在拉巴斯我听说过这样一句话：白天像砖厂，晚上像香港。的确，当你搭乘缆车俯视拉巴斯时，一座又一座砖红色的房子密密麻麻地沿着山谷排布，一直蔓延到山顶，整个城市几乎没有任何绿化，而城市上空来回穿梭的缆车又给这里平添了一份魔幻感。事实上，这种魔幻的感觉在我整个南美洲旅行期间经常会出现，但眼前的这个场景又比其他国家带给我的感受更加强烈而深刻。

⊙ 缆车让这个看似凌乱的城市有了新的秩序

拉巴斯的缆车目前分为三条线路，每条线路的缆车车身分别是红色、绿色和黄色，而这三种颜色都取自玻利维亚国旗，未来他们还计划开通更多线路。我选择了红色线路的缆车往山上去，坐在我旁边的是住在山上的埃尔奥托市的一家人（埃尔奥托市是拉巴斯下辖的一个市）。妇人和街上大多数女子一样梳着两条辫子，戴着圆礼帽，胖墩墩的身材，她丈夫则一路都在和我热情地交谈，一会儿让我看雪山，一会儿又让我看脚下。我从他们的神情里能感受到他们发自内心的骄傲，这缆车的确是值得他们骄傲的，便宜的票价，独一无二的体验，让玻利维亚的普通人也有了高质量的生活。

　　在建造缆车之前，拉巴斯的大部分人都没有见过真正的缆车。从1970年开始，玻利维亚人就在计划着用一条空中缆车把山谷里的拉巴斯佛罗里达街区和山上埃尔奥托的拉赛加街区连接起来。1990年，山下拉巴斯的缆车连接点又被改到了圣弗朗西斯科广场。到了1991年，缆车的建设计划又被否决，因为有一些人认为建设缆车会让小巴士司机的生计受到影响，还会给生活在平地区域的居民带来隐私问题，于是建设计划被搁置。一直到了2003年，缆车建设计划才又重新回到决策者的桌面上，却由于缆车的塔架和站点的设置问题又停滞下来，此时距这个想法最初被提出已经过去30年了。

到 2011 年，拉巴斯市政府经过仔细调研之后发现，拉巴斯每天需要处理 170 万人次出行，其中 35 万人次都是从拉巴斯到埃尔奥托的。于是，2012 年 7 月，时任玻利维亚总统埃沃·莫拉莱斯起草了缆车建造计划，并移交给民族议会，莫拉莱斯召集了拉巴斯市长雷维利亚和埃尔奥托市长帕塔纳等人一起参与了该项目。这个项目由玻利维亚中央银行提供内部贷款，由国家财政部资助，至此各方意见终于达成了一致。2014 年，缆车一期线路开通运营。

拉巴斯人喜欢坐在缆车上，享受这一刻的舒适。缆车从山谷到山顶，海拔也随之升高，最高处海拔甚至超过 4000 米，我猜想这大概是全世界最高的缆车了吧。山上的埃尔奥托市是穷人们住的地区，他们的日常生活就是每天往返于拉巴斯，出售各种小商品，或者去做些工作谋生计。在没有缆车的时候，他们都是乘坐小巴车去山下的，但下山和上山的路弯弯绕绕，而且需要在悬崖边上行驶很长时间才能到达。现在缆车这种轻松的交通方式不仅省钱省力，还提高了人们的工作效率，无疑给他们带来了极大的便利。因此当地人认为，这种"空铁"缆车缩小了玻利维亚穷人和中产阶级之间在地理和经济方面的距离。下缆车后，我在埃尔奥托市拥挤的人群中走了一圈，又兴致勃勃地搭乘缆车下了山。

狂欢节，一道独特的风景线

　　我特别喜欢国外的狂欢节，充满异域风情的装扮，色彩艳丽的油彩，还有各式新奇的道具，全都透着当地的独特风情和文化积淀。

　　当我从拉巴斯埃尔奥托市乘缆车下山后，只见打扮得花花绿绿的一群人从眼前经过，原来是一个游行的队伍吹吹打打地边跳舞边行进过去。我赶忙跟上去向一位路人打听，原来当天正好是拉巴斯的狂欢节。男人们吹着长号，敲着鼓，用各种声响大的乐器制造出热闹的氛围；女人们则跳着舞，裙摆摇晃得很漂亮，动作整齐一致，舞裙的颜色比她们日常的穿着还要鲜亮。所有参加狂欢的人都戴着帽子，这些帽子看上去比平日的大了不少，上面还有各种各样的装饰，比如彩珠、亮片等。这样一群人无论走到哪儿，都会牢牢地吸引住人们的目光，街上几乎所有人都追着队伍跑，从一个街区到另一个街区，有些人还兴奋地边跑边学着表演者的舞步扭动起了身体。表演队伍分成了不同的组合，每个组合的成员都使出浑身解数唱啊跳啊，很多舞蹈和表演带有浓浓的宗教色彩。女人们在这一天一改平日的娇羞，一个个都努力地展现着自己的舞姿。

17世纪初的时候，一位年轻的修女将一幅匿名画家的画作捐赠给了拉巴斯政府。这幅画之所以特殊，在于当时天主教禁止在画作中使用人类的形象表现圣父、圣子和圣灵，但是这位匿名的画家却利用"混血"的身体特征来创作这幅画，画中圣父、圣子和圣灵的形象都带有混血儿的特征。这幅画在不同人的手中兜兜转转，最终人们在拉巴斯建造了一座教堂，把这幅饱受争议的画作安置在了教堂的圣殿中，以期可以在这里感受到上帝的力量，得到上帝的祝福和庇佑。

从1930年开始，居住在拉巴斯布宜诺斯艾利斯大街附近的人们就开始进行简单的烛光游行，1952年以后，游行中才加进舞蹈的环节。今天，游行已经发展成为一场盛大的狂欢。

其实在很多中南美洲国家都有类似的狂欢节，尤其是巴西里约热内卢狂欢节，更是世界闻名。相比之下，拉巴斯狂欢节规模要小得多，也更质朴一些，表演者尽管比平日里表现得热情，但内心依然是保守的。他们虽然在尽力地舞动身体，但能看得出肢体动作有一定的保留。每年狂欢节期间，

⊙ 仔细观察表演者的舞步，从中可以看到很多他们日常的生活细节

大约有 3 万名音乐演奏者和舞者穿过城市街道，聚集在一起狂欢，他们分别代表着拉巴斯不同社区的民间团体，展示着玻利维亚独特的艺术文化。

在狂欢节的舞蹈中，很多都取材于当地曾经发生过的重要事件，或者生活中的场景。拉巴斯狂欢节的标志性舞蹈包括魔鬼之舞、奴隶之舞及跳舞的公牛，其中奴隶之舞就是取材于奴隶们饱受虐待的经历，比如在玻利维亚矿山和葡萄园中所遭遇到的不堪回首的过往。表演者们需要练习很久，还要花重金购买表演服装，才可以上街表演。这和他们的信仰有关，他们认为在狂欢节表演中跳舞等同于自我奉献，希望自己跳舞的努力可以换来救赎、宽恕、健康的身体和好运。

这个热闹的节日和拉巴斯的缆车一样，是拉巴斯团结的象征。它团结了拉巴斯不同团体的力量，无论穷人还是富人，无论欧洲移民还是当地土著，都沉浸其中。这个节日不仅展现了玻利维亚的文化融合，还体现了拉巴斯不同阶层之间的融合。

我也挤在游行的人群里，与当地人一起追着表演队伍一条街一条街地往前走。这样热闹的节日会把我带入另一种平静中，一种因沉浸其中而产生的平静。当所有人都唱着跳着的时候，整个世界似乎只剩下由衷的欢笑。

大象的传说

　　狂欢和酒精永远是好搭档，拉巴斯的狂欢节也不例外。但酗酒就是另外一回事儿了。

　　在拉巴斯的酗酒者中流传着一个令人毛骨悚然的故事。当地人跟我说拉巴斯的街头藏着一种旅馆，极其简陋，砖砌的墙面围成一个像监狱一样的地方，窗户用木板或纸板牢牢地遮挡住，地板是冰冷的水泥地，一张又破又脏的旧床垫就随意地扔在地上，让人怎么看都不会把它和旅馆联想到一起。但这里的确是一种特殊的旅馆，叫大象旅馆，这里常年住着醉汉，有时候这种旅馆旁边还会有一个酒吧，和它联合经营。

　　大象旅馆还有个名字叫作"大象公墓"。很多看过关于大象公墓电影或者小说的人，都会以为大象公墓是虚构出来的故事和场景，但大象旅馆的确存在于拉巴斯。在狂欢节的发源地布宜诺斯艾利斯街道周围，就有不少在酗酒者中非常出名的大象旅馆。

⊙ 在拉巴斯流行着这样一句话：「白天像砖厂，晚上像香港。」（左）
⊙ 南美洲国家的人都喜欢亮丽的色彩，就连纪念品也是这样的风格（右）

　　大象公墓原本是指真实的动物——大象的死亡地。通常象群中有些年老的大象知道自己时日不多的时候，它们会悄悄地离开象群，在远离家族群落生活的地方找一处安静的角落，开始不吃不喝、安静而平和地等待死亡的来临。大象在自然界中天敌很少，大部分大象都是自然死亡的，但过去人们几乎找不到大象的尸体，于是就有了各种各样描写大象公墓的传说和故事。这些故事中总会有一位探险家或者向导，在非洲某处突然发现了一头独自慢行的大象，他们看见这头大象摇摇晃晃地朝一个方向走去，于是就跟在大象后面，不久后，便听到大象轰然倒地，再看周围，发现地上全是大象的尸骨。大象就这样在临终前独自来到它们祖先的墓地安安静静地等待死亡。

很多人都试图证明大象墓地的存在，因此一波又一波的探险家前去寻找，想要找到成片的大象尸骨。有些探险家声称自己找到了，但为了不打扰弥留之际的大象，关掉了所有的摄影设备，所以没有保留影像记录。后来，拉巴斯人借着大象公墓的概念修建了大象旅馆，目的是让那些对生活丧失希望的酗酒者在这里走完生命的最后一程。

在拉巴斯坐出租车，司机总喜欢津津有味地给乘客讲大象旅馆的故事，还故意做出很神秘的样子吸引乘客的注意。他们总是以"我有一个朋友不久前去了大象旅馆，我真希望他已经死掉了"这样的话开场。在拉巴斯，大象旅馆是非法的，所有的大象旅馆都属于地下交易，很多玻利维亚人甚至不愿意承认他们的城市中存在这种旅馆，也很难接受这样的事实。在拉巴斯，重度的酗酒者找到大象旅馆后，会让工作人员把自己强行关进简陋而阴森的房间里，等上好几天，直到自己死亡为止。但其间如果他后悔了，也可以按响房间的门铃，会有人把他们抬出来扔到街上的青石板上。拉巴斯的警方曾声称，他们将尽一切努力制止大象旅馆的泛滥，他们也会经常突击检查，一旦发现就会强制关闭。

不可思议的监狱

试问，谁会在旅行时参观一所监狱呢？南美洲的神奇之处，就是这样无所不在，当你置身其中时，美景、美食、风俗、文化，都会扑面而来，令人目不暇接。

拉巴斯就有这样一个让人感觉不可思议的地方，那就是圣佩德罗监狱。这座监狱的诡异之处在于，你可以花钱进去参观，进去之后会真正地大开眼界。

整个监狱只有几个警察维护治安，并且只在外围巡逻，目的是防止一些囚犯想要逃跑，除此之外，监狱的治理权完全掌握在狱中的囚犯手中。这个原本只能容纳600人的监狱，如今却塞进了3000多名囚犯，玻利维亚政府根本无法给这个监狱的囚犯分配足够的口粮或者住处。一旦被关进这里，囚犯们要么就靠家里的人接济，要么就只能在监狱里谋一个职位，以求生存。不过囚犯们不用担心找不到工作，圣佩德罗监狱有各种各样的就业机会。你会看到监狱里的酒吧门口贴着招调酒师的告示，或者餐厅在招聘厨师和服务人员，更好笑的是，这里还有房产经纪人。

这所监狱里关押的大部分人都是因贩毒或制毒获罪，然而监狱里的生活就像自由世界中的日常生活一样，俨然一个小社会。监狱里的人根据贫富程度被划分成不同等级：最贫穷的囚犯只能住在臭名昭著的危险区域，那里住满了瘾君子，可能五个人挤在一个小房间里；有经济能力的人，就会住得相对好一些；最富有的人，住在圣佩德罗监狱单独隔开的空间里，像一个安宁的高档小区，房间里有电视、无线网络，甚至还有按摩浴缸。

令人惊讶的是，这些"房子"在圣佩德罗监狱里竟然有着严谨而正式的交易过程，牢房也变得可以买卖。圣佩德罗监狱的综合大楼里贴着房屋购买广告，如果有买家想要购买空置的牢房，可以从监狱长或者监狱里的房产经纪人那里购买。购买房子的时候要支付房产税，房产税涵盖了牢房的安全维护、清洁以及日后的翻新维修等事项。在商定好价格之后，会有专门的见证人见证交易过程，并且加盖公章让交易正式生效。圣佩德罗监狱的牢房价格相差很大，从20美元一个的五人间的地面空间，一直到价值5000美元的装修奢华的公寓，各种档次都有，可供囚犯们挑选，买不起房的人也可以租或者用劳动来换取住宿的权利。

圣佩德罗监狱里还有一套架构非常完备的政治体系，监

◎ 拉巴斯是全世界海拔最高的首都，
站在市中心就可以看见雪山

玻利维亚妇女之所以喜欢这种圆礼帽，背后还有一个怪诞而有趣的故事

狱的管理层几乎都由囚犯构成。这套体系被分成不同的部门，每个部门有自己的行政官员，有负责监狱住房的部门，有负责处罚的部门，有负责安全的部门，还有专门负责监狱清洁卫生的部门，一切都安排得井井有条。成为行政官员的囚犯们按时领取工资，工资来源于内部各种各样的收费，甚至还有监狱内部的税收，这些费用统一由监狱的最高长官监狱长管理，监狱长由监狱里的"居民"每年通过民主选举的方式产生，监狱长在整个监狱里拥有最高权威。

　　毒品交易在玻利维亚是被禁止的，但让我震惊的是，在这个监狱内部竟然存在着一个大规模的地下可卡因生产网络，这个产业才是整个圣佩德罗监狱里最大的收入来源。这里庞大、精巧而专业的制毒作坊据说可以生产出玻利维亚最好的可卡因。事实上，监狱存在一些漏洞，制毒者可以通过探望家人、出去上学等借口把毒品运出去，外围的警察对此也心知肚明，只是睁一只眼闭一只眼而已。那些出去上学的人是生活在圣佩德罗监狱里的儿童。这些儿童本身并没有犯罪，只是一些男性罪犯被关进监狱之后，他们的妻子没有办法养活自己和孩子，于是自愿带着孩子来圣佩德罗监狱里和丈夫一起生活。这些孩子被允许每天出去一次，到附近的学校去上学，放学之后再回到这里。

监狱里有人在烤面包售卖，有人在制作儿童玩具，整个监狱看起来是一副欣欣向荣的样子。监狱里的人似乎都在努力工作，认真生活，他们获得的一切都必须由自己去创造，如果不工作就没有饭吃，就是等死。

在南美洲的旅途中，我一直在感叹这里的不可思议，一直在不断地怀疑过往的认知，我的想法被一次次地推翻，又不断地被重建。每个人都会在不同的环境里思考自我——这是南美之行给我的最大感触。我也开始学着像我遇到的那些人一样，既接受当下，又努力地改变，力求让自己变得更好、更完美。

Info　去玻利维亚

从玻利维亚的的的喀喀湖出发，大约需要两个小时的车程就可以抵达拉巴斯，这是全世界海拔最高的首都。和乌尤尼一样，去之前要做好应对高原反应的准备，尤其是在拉巴斯机场落地后，有些人会立刻感受到高原反应的厉害。如果出现高原反应，一定要重视，及时就医。

拉巴斯的女巫市场是必去的地方，怪异又迷人的当地文化会打破许多旅行者过往的认知。在拉巴斯，你还可以进行一场南美洲的美食之旅，你将从另一个角度认识这座城市，发现南美洲这片大陆的神奇之处。

世界上很少有城市像拉巴斯这样，当你搭上一辆出租车或者公共汽车，沿着狭窄又蜿蜒的峡谷边缘行进时，教堂、办公楼、传统建筑与雄伟的雪山冰峰会同时出现在视线内，场面壮观而震撼。

○拉巴斯女巫市场中的一家店铺，门口挂着羊驼干尸

古印加帝国的宝藏

在漫长的历史长河里，印第安人在南美洲创造了自己的文明，建立起空前繁盛的印加帝国。作为印第安三大古老文明之一的印加文明，为世界历史画出了浓墨重彩的一笔。如今，古老而又神秘的马丘比丘和库斯科成为印加文明遗迹中最重要的代表，每年都吸引着无数的游客前往。

征服战

在旅行这件事上，我是一个很少做计划的人，有时候甚至连目的地的攻略都没做，便订下机票和酒店出发了。秘鲁之行就是这样，去之前我只知道马丘比丘，而要去马丘比丘就要从库斯科坐火车前往。等我抵达库斯科时，才为自己没有做任何准备而感到懊恼。

库斯科的海拔也不算低，大约 3400 米，原本我担心自己会再次遭遇高原反应，但没想到当飞机落地，我双脚迈出机舱的瞬间，却感到前所未有的舒坦，每一口呼吸都是自在而畅快的。我迅速取了行李走出机场。

出租车往库斯科城里开去，眼前的景象轮番变换。城市建筑越来越多，都带有一些西班牙风格，但又与西班牙本土建筑有所不同。房子一排连着一排，屋顶都是红色，城市里随处可见教堂，远处的山都是光秃秃的，仙人掌就肆意地生长在路边。

车子在太阳神庙前停下，我预订的酒店就在神庙附近。这家酒店的前身是一座宫殿，在我下车的时候，出租车司机还用不太流利的英语称赞了这家酒店。一下车，酒店两旁热闹的景象就吸引了我，小商贩在街上摆满了花花绿绿的商品，一边吆喝一边不停地忙碌着。酒店的门童推开了蓝色的大门，我踏入大堂。此时，不安的心才终于在一路颠簸后慢慢安宁下来。

　　库斯科始建于3000多年前，几乎可以算得上是美洲最古老的城市了。它是古印加帝国的首都，直到西班牙人闯入这里之后才发生了翻天覆地的变化。印加帝国在前哥伦布时

⊙ 站在太阳神庙往库斯科城的方向望去

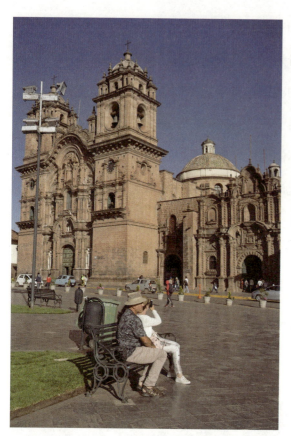

期盛极一时，库斯科则发展成为古老帝国的政治中心、经济中心、文化中心和军事中心。印加文明起源于 11 世纪初期的中安第斯山区，从 14 世纪开始，印加人不断地通过征战与和平同化的方式，将以安第斯山脉为中心的南美洲西部地区全部纳入了印加帝国的版图。印加帝国最强盛时，领土涵盖了现在的秘鲁、厄瓜多尔、玻利维亚、智利和阿根廷，甚至还包括哥伦比亚的西南部。

1526 年，所谓的冒险家——弗朗西斯科·皮萨罗（Francisco Pizarro）和他的兄弟带领一队人组成开拓队伍，从今天的巴拿马一路向南，来到印加帝国的领土，他们在这里掠取了大量财富。1528 年，皮萨罗返回了西班牙，这次回去，皮萨罗的征服计划得到了西班牙国王的支持，国王任命他为瓜亚基尔湾以南殖民地的督军，并命其彻底征服印加帝国。1531 年，当皮萨罗再次返回印加帝国时，正值帝国内战爆发，战乱导致整个帝国权力被削弱，再加上西班牙入侵者带来的天花、流感、麻疹等各种疾病在中南美洲蔓延，印加帝国岌岌可危。

皮萨罗只带了一支不到 200 人的队伍、一门大炮和 27 匹马就出发了，尽管现在看起来这支队伍人数不多，但对当时可怜的印加人来说，这就是一支死亡军队。这些来自西班牙的征服者配备的都是热武器，威力自然是印加人的冷兵器无法抵挡的。印加人使用的是木头、石头和青铜做成的兵器，盔甲也都是用羊驼毛做成的，他们的武器根本刺不穿这些西班牙侵略者的盔甲。加上那时候印加人没有马，无法制定出对抗西班牙人的骑兵战术，西班牙人就这样抓住了印加帝国内战的时机乘虚而入，直至最终把古老的帝国彻底击垮。

去库斯科

　　库斯科是一座繁忙的城市，如果一定要在库斯科找一个可以谈天说地的地方，那么一定是 Cafe Extra。我想不出一个合适的词来翻译这间咖啡馆的名字，因为它太特别了。蓝色的老式木制门上嵌着玻璃，大门背面贴满了库斯科各种各样的艺术活动的海报，这扇门仿佛是一个半透明的广告牌。如果你去库斯科旅行，恰好想找些有意思的节目，无论是戏剧、读诗会，还是舞台剧，甚至是户外活动，这里都有。

　　进到咖啡馆里，你可以品尝一杯本地咖啡，再来点库斯科传统糕点。这里的食物都保留着库斯科曾经盛行的旧式风格，墙壁用复古风格的木板镶饰，墙上挂着一些用旧相框镶的画，和食物相配极了。咖啡馆里本地人居多，很少有外国人的身影，你也很难在旅游指南中看到它的名字，但这里可以算是库斯科最核心的地方，这里就像是一部正在上演的库斯科纪录片。

　　不仅库斯科城本身值得仔细探索，就连周边的山上也有很多值得前往的地方，比如肯科（Qenko）遗址，这是库斯科周围山丘上众多印加遗址中的一个。想要近距离接触印加遗址的话，不只有马丘比丘和太阳神庙，在这里你也可以看到那些切割整齐的巨石，而且是免费的。如果你是印加迷，那么一定要到这里来仔细地研究。你也可以来这里野餐，这是库斯科本地人最喜欢做的事。在这里晒着太阳，享用美食，再欣赏一下库斯科山谷的壮丽景色，肯科遗址简直就是库斯科人的秘密乐园。

除了圣佩罗市场，库斯科还有另一个小市场也值得前往，那就是圣布拉斯市场。与更大一些的圣佩罗市场比起来，这里更加整洁干净，许多本地人会来这里用早餐和午餐，或者聚会。随便在一个摊位前坐下，你都能吃到美味，而且价格实惠，只需要几元钱人民币就可以吃顿不错的午餐。库斯科的汤和我曾经提到过的紫玉米饮料是我非常推荐的，当然，除了这些以外，盖饭和烤肉串也是很好的选择。

如果在库斯科期间刚好赶上6月24日，那么可以去参加库斯科的太阳神节，这是库斯科冬季最重要的节日。在这一天，库斯科到处都是舞蹈和音乐，人们穿着盛装，不同的游行队伍聚集在一起，就像是一场巨大的戏剧表演，可以看出这里的人是发自内心地享受这一节日。

古老的印加帝国神庙

　　太阳神庙曾经是整个印加帝国最受尊崇的寺庙，里面供奉着太阳神，这里不仅是举办宗教仪式的场所，也可以说是整个印加帝国的中心。

　　我在库斯科所住的酒店就在太阳神庙附近，从酒店散步就可以到达。太阳神庙矗立在库斯科一个自然形成的小山丘上，远远看去，这个山丘就像是专为太阳神庙而存在的一般，恰到好处地把神庙托了起来。原本这里的建筑宏伟无比，当年西班牙人来到这里后用"难以置信的美妙"来形容，但很可惜，神庙大部分构造在16世纪西班牙侵略者到来后被毁掉了。后来西班牙人又用这里的石头和精美的石雕在太阳神庙的原址上建造了圣多明戈教堂，整个教堂的建造过程历时一个多世纪。西班牙人在侵略古印加帝国的同时不忘把他们的信仰也带到了这里，就这样，上帝替代了太阳神，圣多明戈教堂替代了太阳神庙。

几个世纪之后，一场大地震彻底摧毁了西班牙人修建的上帝的居所，但原本太阳神庙的那些基础墙壁却都完整地保留了下来。如今，唯有那些残存下来的精美石墙的某些部位，还在努力地向世人述说着这里曾经的辉煌及无数的传说。除此之外，人们已经几乎找不到太阳神庙的其他痕迹了。

　　如今，那些建造神庙墙壁的石块，因为其上精致的雕刻而为世人所惊叹。所有石块的表面都非常平整，有些石头的棱角多达三十几个，并且这些石块都能够和周围的其他石块完美地连接在一起，这样的雕刻技艺真称得上是鬼斧神工。

　　过去，太阳神庙除了供奉太阳神之外，还供奉着月、星、雪、彩虹诸神。那些第一批到达印加帝国的西班牙人后来向西班牙王室报告：至少有4000位神职人员在此工作，这里每天都会举行各种仪式和祭祀活动。

　　据说，太阳神庙被毁之前，石头墙表面的雕刻精美绝伦，上面覆盖着700多张纯金装饰，每张装饰重约2公斤。神庙宽敞的院子里摆满了和实物大小一致的动物雕塑，其中甚至还有玉米田的雕塑，而那些雕塑全部都是用纯金打制而成的。神庙的地板当初也是纯金的，上面还镶满了各种宝石。最终这些黄金雕塑及令人难以置信的雕塑艺术品被西班牙人洗劫一空。今日来此参观的游人只能通过各种各样的传说来想象当时的景象了。

　　我绕着神庙转了一圈又一圈，一边抚摸着那些石块，一

⊙雾气散去，失落之城——马丘比丘露出真容

边想象这里曾经的繁华，我猜想动物雕塑里应该有羊驼，金色的羊驼；玉米田里布满了一株一株金色的玉米。但是，当印加人看着他们心中的圣地被毁时，心中会作何感想，这些我都无从知晓了。多少个世纪过去了，如今这里热闹无比，来自世界各地的游人像潮水一样，涌来又散去。历史不会被改写，也不会被遗忘。

印加失落之城

马丘比丘，算是印加文明最广为人知的一个标志了。来到这里，你会立刻感受到古老印加帝国的气息比其他任何地方都更加浓重。

清晨，我一步一步向山顶爬去，不想走得太快，只想慢慢地边走边感受周遭的一切。周围大雾笼罩，我有些看不清道路，只感觉山路蜿蜒崎岖，一路走来都在不停地上山又下山。

走了一阵子后，一块路牌告知我已经抵达马丘比丘。我找到一个大石块坐了下来，坐稳后转身向山下看去，大雾竟已散去，马丘比丘的全貌清晰可见。当那辉煌的遗迹出现在眼前时，我才明白那被人们口耳相传的神秘是什么，原来大雾就是它的面纱，周围高高的山脊就是守护它的魔盒。眼前的一切让我有一种不真实感，正当大家为露出真容的失落之城欢呼之际，马丘比丘又再次消失在浓雾中。

⊙ 开往马丘比丘的火车，行驶在乌鲁班巴山谷中

　　马丘比丘经常被人们称作"失落的印加城市"，在印加帝国的历史终结之后的几个世纪里，世人对这里都一无所知。直到 1911 年，美国历史学家海勒姆·宾厄姆（Hiram Bingham）在寻找"印加帝国最后的避难所"维卡班巴时，经由当地村民带领，才来到了这里，随即这位历史学家就被深深地震撼了。1913 年，美国《国家地理》杂志介绍了宾厄姆和马丘比丘，这处遗址才因此而得到了公众的关注。

　　在马丘比丘被发现之后，关于这片神秘之地的传言就从没有停歇过，人们对于这里有过各种各样的猜想。关于马丘比丘的建造，大多数考古学家和历史学家如今都同意一种说法——马丘比丘是由帕查库特克在 1440 年左右建造的。这座神秘的堡垒可能是印加贵族精英的庇护所，也可能是帕查库特克的度假屋，用来招待皇室和一些特别的宾客。

据估计，大约有 5000 人参与了马丘比丘的建造，整个遗迹中有 140 座建筑物，不仅有宫殿、作坊、居住场所，还有广场和花园，布局都经过了精心的规划。更让人惊叹的是，当时的马丘比丘已经拥有了相当完善的供水系统。尽管人们已经知道这里用于建筑物主体的大量石块就出自附近的采石场，但对于这些巨石是如何被搬运到这里的，仍然一无所知。仔细观察你会发现，这里的石块和建造太阳神庙的石块一样，也被切割得十分整齐，缝隙严密，石块与石块之间连纸张都塞不进去。

马丘比丘在大雾中时隐时现，每当马丘比丘在浓雾中现身时，人们便会发出阵阵惊呼，我的思绪被这些声音打断。一转头，看见几只耳朵上绑着花毛线的羊驼来到我的身边自在地吃草，它们偶尔抬起头也望向马丘比丘。等到大雾彻底散去，我沿着台阶一级一级地往山下走。此时来到马丘比丘的游客越来越多，有人讨论着大石头，有人讨论着印加人的天文学。我踩着脚下的乱石子路，努力地想象着这座奇迹之城的种种过往。忽然从马丘比丘的残垣断壁上传来了用排箫吹奏的乐曲声，如泣如诉，传遍了整个山谷。

Info 去马丘比丘

马丘比丘位于秘鲁境内库斯科西北 75 公里，这里大概是秘鲁最负盛名的地方了。如今，这座前哥伦布时期的印加帝国遗迹每年都吸引着无数游客前来参观。关于马丘比丘的猜想和研究各种各样，但至今没有定论，这也使马丘比丘蒙上了一层更加神秘的面纱，雄伟庞大的宫殿和神庙遗址也更加让人心生敬畏。

马丘比丘和库斯科的太阳神庙一样，都展现着印加人高超且精准的切割堆砌技术，很多建筑所用的石块与石块之间

⊙马丘比丘有很多羊驼，它们喜欢趴在山坡上晒太阳

完全没有使用泥灰这样的黏合剂。除了在建筑方面的造诣外，印加人对天文学的研究和野生植物的驯化，同样让世人惊叹。

开往马丘比丘的火车有两家铁路公司可以选择，一家是秘鲁铁路公司，一家是印加铁路公司。从库斯科、鸥雁台、乌鲁班巴、普洛伊这些车站都有前往马丘比丘山下热泉镇的列车，买票的时候一定要看清楚列车的始发站。我建议从库斯科坐车先去马拉斯盐田，再去鸥雁台，然后从鸥雁台乘坐火车去热泉镇。往返马丘比丘的火车一般都有不同价位的座位，并且列车的档次也分很多种，其中最高级的豪华列车是痴迷火车旅行的人一定不能错过的。乘坐这趟火车，你不仅可以欣赏到乌鲁班巴河谷的美景，更能体验到车厢内堪比豪华酒店的服务。

马拉斯盐田也是我非常推荐的一个地方，这是整个库斯科地区最壮观的景观之一。自印加帝国时期开始，这里就一直产盐，由于山顶有含盐量很高的温泉源源不断地往外流淌，人们就在这里修建了梯田，一层接一层地把流出的盐水收集起来晾晒，用不了多久水就变成了一池子盐。山顶的盐田边上长满了高大的仙人掌和龙舌兰，与层层叠叠的梯田一起，构成了一幅超现实主义的油画。

中秋节惊喜：《彩云追月》

在异域他乡待得久了，听到家乡的语言或是和家乡有关的一切，总会感觉心头被什么东西戳中，那些熟悉的元素所带来的惊喜是旅途中最珍贵、最温暖的瞬间。

我在库斯科期间恰逢中秋节。那天早上我睡到自然醒，在宫殿改成的酒店里睡得非常舒适，早晨的阳光就像羊驼毛一样柔软，整个宫殿都笼罩在金色的阳光中。我来到餐厅，跟着侍者的指引坐到了长廊上的座位，挑选好早餐后，我看到两个装扮精致的当地妇人牵着羊驼走进了院子。她们佩戴着漂亮的头巾，穿着绣花裙子，裙子和衣服的下摆都有亮粉色装饰，她们的衣服上还装饰着各种各样的花朵图案；她们的腿上穿着护腿，颜色是现代城市中流行的驼色，整身衣服和这护腿非常相配。但她们的脚上却穿着凉鞋，露出了脚趾，黑色的凉鞋上也印满了花，和衣服上的花朵风格一致，看起来非常俏皮。

那只羊驼应该才出生不久，胖乎乎的，和我过去看到的其他羊驼都不一样。它通体雪白，乖乖地站在两个女人身旁，其中一个女人从口袋里掏出几片绿色的叶子喂给它，应该是奖励它听话。她们在院子里四处转了一下，然后选定一个位置，摊开包袱，开始认真地在地上摆放包袱里的物品。我看见有彩色的布条，有羊驼毛织成的围巾，还有花布包等，所有的东西全都印着花，堆在一起看得我眼花缭乱。她们售卖的东西和她们自己穿着的衣服都是同一风格，安第斯山脉的女人们都喜欢亮丽的色彩，那些看似不搭调的颜色被她们精巧地搭配在一起，看上去竟然非常协调。

一切安顿好之后，她们就忙起手头的活计来。她们手指捻着线，动作看起来和我小时候见过的中国妇女手上的动作差不多，一个石头制成的锥形陀螺在手下晃动着，线就在她们的手中一点一点地变长。这原本是效率最低的一种纺线方式，但在此时此地看起来却很和谐。在安第斯山脉生活的她们或许根本没有想过效率这件事，只是想手上有点事做，消磨时间罢了。其实，现在很多秘鲁人依旧过着出行坐车马、寄信用邮筒的慢节奏生活。

反观我们的生活，一切都是急匆匆的，甚至有时候还要同时做好几件事，着急到忽略了生活中的很多细节。我们还总在给着急找理由，以为只有这样才能让生活更加美好。其实，很多时候，美好却恰恰就在那些被我们忽视了的过程中。

早餐上桌的时候，餐厅里忽然响起了熟悉的曲调，我顺着声音看去，原来不远处有个年轻的乐手正在用竖琴演奏《彩云追月》，我有些不敢相信自己的耳朵，又仔细地听了一段，确实就是《彩云追月》！一时间，心里一阵酸楚，眼泪涌了上来。今天是中秋节，我身处遥远的南美洲，已经忘记了这个节日，可这旋律如此神奇地出现，触动了我的内心。我把头扭过去，脸朝向院子，生怕泪水被别人看到。乐曲的旋律一遍又一遍地重复，我的泪水不受控制地一直流淌。这首曲子原本就是描绘仙人驾着彩云奔向月宫仙境的美好意境，最为适合中秋节。

此时餐盘已经被我推到了一边，早饭在嘴里已经没了滋味，心里空荡荡的，带我进餐厅的侍者过来问我是否需要帮忙，我摆摆手，起身去给乐手道声感谢。虽然他只会讲西班牙语，但他似乎已经明白了我的谢意。我多想和他畅快地聊聊我的旅途，对他讲讲中国的中秋节。这次的南美之行，我的经历可以用出生入死来形容了，今天这恰如其分的音乐对我来说是对心灵最好的抚慰。

乐手见我喜欢《彩云追月》，又特地再演奏了一遍，整个餐厅里徜徉着这首故乡的乐曲。伴着音乐，院子里穿着花衣服的安第斯女人还在忙碌地捻线，我则想起了小时候坐在院子里想象嫦娥奔月的情形。

CHIFA 餐厅 [1]

在库斯科度过的中秋节,一曲《彩云追月》让我意犹未尽,但没有月饼的中秋节始终是不完整的。

伴着《彩云追月》那优美的曲调我走出了餐厅,决定在偌大的库斯科城里碰碰运气,看看能不能找到一块月饼,给今年的中秋节增加一些仪式感。我甚至想,如果能买到月饼,我一定要带回来和演奏《彩云追月》的乐手一起分享。沿着罗曼里多斯街,我向下城走去,我知道那里有两间 CHIFA 餐厅。在库斯科,只要是中国餐厅,招牌上就会写着"CHIFA"或者"Chifa"的字样。据说,"CHIFA"原本应该是"Chifan",后来在南美洲被简化了。刚到库斯科的那一天,我去一家名叫"Chifa Pekin"的餐馆吃过饭,尽管他们做的炒面和家乡的味道有些不一样,但也算可口,我准备今天先去那里看

---

1 秘鲁的中餐厅统称为 CHIFA,取粤语"吃饭"的发音。

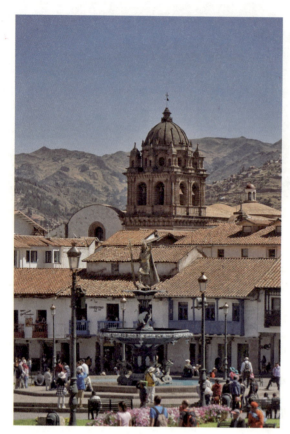

看。沿途我先走进了另一家 CHIFA 餐厅，冒失地直奔后厨去找月饼，可惜厨师说今年没有准备，这里的人是不过中秋节的。我有些失望，道了声"中秋愉快"便转身离开了。

才踏出门，库斯科强烈的阳光晒到我身上，我忽然觉得自己很可笑，这里毕竟是库斯科，想要在这里找到月饼的想法太不切实际了。但尽管如此，我还是很想去找个人聊聊天。于是我又来到 Chifa Pekin，要了一瓶印加可乐，一口气全

部喝完，又找到那个讲着一口四川话的厨子，一起聊了起来。

厨子并不是土生的秘鲁人，聊天中我能感觉到他应该是后来才来到秘鲁的，因为他和我过去遇到过的土生华侨完全不同。秘鲁有非常多的土生华侨，在这块土地上也有很多华侨的血泪史。这些人大多是曾经的华人劳工的后裔，有的甚至是被贩卖至此的亚洲奴隶的后裔，多少年过去，这些人也在这块土地上扎根繁衍下来。

最早一批华人劳工是从当时同样遭受西班牙殖民统治的菲律宾运送到南美洲来的。当时运来的劳工中，不只有中国人，还有菲律宾人、日本人、马来西亚人、印度尼西亚人及东帝汶人，甚至还有印度人和斯里兰卡人等。

到 19 世纪，更多来自中国的移民劳工从澳门登船，在海上漂泊四个多月后，到达秘鲁。尽管名义上他们是合同工，但实际上是地位卑微的苦力。他们中大部分是广东人，这也是秘鲁的 CHIFA 餐厅里总能吃到非常地道的云吞面的缘由。当时的劳工几乎都是男性，他们来秘鲁主要从事的是沿海的鸟粪开采以及种植园的工作，非常辛苦。但华人到哪里都能顽强地生活，他们安顿下来后，慢慢地从被排斥到被接受，与当地安第斯妇女结婚，一代一代生活下来，最终他乡变故乡。

来自中国的 CHIFA 餐厅如今在秘鲁变得越来越受欢迎。在任何一家 CHIFA 餐厅里，你都能看到有秘鲁本地人在用餐，菜品虽然经过很多改良，但依然能看到中国菜的影子。来自中国的酱油和生姜已经被秘鲁人广泛接受和使用，成为他们烹饪时的日常作料。

血腥的武器广场

在中南美洲的很多城市都会有一个武器广场。库斯科也同样有一个武器广场，而且位于城市中心，从任何一条巷子几乎都能走到这里。

从 Chifa Pekin 大约走 10 分钟就到库斯科的武器广场了。广场很宏伟，细节之处可以用精美来形容。在西班牙人到达这里之前，这个广场已经存在。印加帝国正是从这里开始向周围延伸，建造了一座辉煌的都城。据秘鲁当地的传说，太阳神因蒂派遣他的儿女曼科·卡帕克和玛玛·奥克略，去寻找适合建立印加帝国首都的地方，太阳神让他们带上一根金杖上路，寻找可以让金杖沉没的地方。他们两人来到如今的武器广场的位置，那时这里是一片沼泽，金杖就在这里沉没了，于是这里就成为被神选定的地方，人们奉命把沼泽里的水抽干，在这里建立了印加帝国的首都。

与征服美洲其他地方的做法如出一辙，西班牙人来到库

斯科后摧毁了一切。整个库斯科市中心的建筑物几乎都化为废墟，西班牙人又在原有建筑物的基础上建造了大量西班牙风格的建筑，包括最重要的库斯科大教堂，这座教堂如今依然矗立在武器广场上。

库斯科武器广场还与一段可歌可泣的拉美人民抗击外来侵略的历史相关，拉丁美洲独立运动的先驱图帕克·阿马鲁二世就是在这里英勇牺牲的。图帕克·阿马鲁二世原名何塞·加夫列尔·孔多尔坎基，是秘鲁廷塔省一个印第安酋长的儿子。当时的西班牙殖民政府在南美洲不断地剥夺印第安人的产业，激起民愤，孔多尔坎基也对此感到愤怒。在重读了被西班牙殖民政府列为禁书的《印加列王传》后，他对印

⊙ 一大早，商贩们就牵着羊驼准备在库斯科城里摆摊了

加王室过去的丰功伟绩和英雄事迹无比向往，立誓要恢复印加王朝的荣光。

1780 年 11 月 4 日，在参加完雅纳奥卡镇神甫举办的一次宴会后，孔多尔坎基逮捕了西班牙殖民政府廷塔省都吏，还命令这位长官把物资和武器全数奉送，在对公众列举了这位殖民政府长官的种种罪行后，孔多尔坎基把这位长官处决了。此后，大量印第安人开始响应他的起义，一时间各地被压迫的人们都开始起兵，起义军的势力迅速扩张到整个安第斯山脉地区。因为孔多尔坎基成功获得了大量武器和资金，并在殖民政府毫无防备的情况下出其不意地打败了殖民政府的军队，所以他们的势力不断扩大，一直扩张到秘鲁、玻利维亚和阿根廷北部。但就在孔多尔坎基兵临库斯科城下时，殖民政府挑拨离间，引发了印第安部落间的矛盾，孔多尔坎基只得暂时撤退。起义军的撤兵让殖民政府军有了喘息的时间。最初那些跟随孔多尔坎基的起义军中也出现了叛徒，最后，这支起义军因叛徒告密而失败，孔多尔坎基本人也被殖民政府逮捕。

一个月后，孔多尔坎基在武器广场被处以四马分尸的极刑。孔多尔坎基就义时，成千上万人不顾殖民政府军的镇压，长跪于街头，向领袖致敬。

去秘鲁

在秘鲁首都利马，富人和穷人生活在两个完全不同的世界。利马的富人居住区和我在智利圣地亚哥看到的一样，高档公寓楼和高级酒店挨在一起，街边的绿化灌木修剪得很整齐，路旁的停车区停放着价格不菲的名车。而贫民区则完全不一样，利马的贫民区集中在老城及周边，建筑虽然精美，但大多已经没落。这些保留下来的旧建筑，每一栋都经过了精心设计，雕梁画栋，尤其是建筑上凸出来的飘窗，格外精美。然而这些古老建筑的外墙有不少已经破败不堪，原本墙壁上的装饰壁画现在只剩下斑驳的碎片。街道上到处都是20世纪生产的旧款汽车和摩托车，开动起来发出巨大的噪声。

利马武器广场旁的圣弗朗西斯科修道院是利马城里最特别的建筑之一，也是我个人认为在利马必去的一个地方。圣弗朗西斯科修道院里，有一个收藏了丰富历史古籍的图书馆，以及一座神秘的地下墓穴，这也是有人把这里称作"人骨教堂"的原因。在圣弗朗西斯科修道院的地下墓穴里，人骨被摆放得非常整齐，有些甚至被摆放成各种几何图形。据估计，整座地下墓穴中安放了25000具尸体。我去参观地下墓穴的时候刚好是傍晚，一同参观的还有来自秘鲁其他城市的游客以及欧洲和美国的游客。我们被安排在一个地方聚集，然后由专职的向导带领着穿过阴森的长廊，进入地下墓穴。本以为地下墓穴会非常狭窄，没想到空间异常宽敞，头顶能听到上方教堂里人们的脚步声甚至交谈声。尽管我已经做好思想准备，但看到那么多白骨的一瞬间还是十分震撼，直到参观完之后的那天晚上，我看到利马街道上昏暗的灯光都会心里发怵。

除了地下墓穴，修道院里还有许多画作也值得细细观赏。尤其是这里也有一幅《最后的晚餐》。画作最为特别的地方在于画中的那些餐食，都是经典的秘鲁食材和料理，在这幅画里你可以看到豚鼠、土豆等这些秘鲁本地食物。在意大利米兰的圣玛丽亚感恩教堂里，你可以看到达·芬奇那幅世界知名的《最后的晚餐》。如果把这两幅作品对比来看，就会非常有意思，这种跨越千山万水的文化差异与交融，在看到画中豚鼠的那一刻，都会化作一个会心的微笑。

平行世界的咖啡之旅

咖啡对于我来说，不仅仅是一杯美味的饮品，它更像一位老朋友，能够在我疲惫或者心情烦躁时带给我慰藉。在我的旅行中，每当我来到一个新的地方，也总是一杯咖啡来帮我去除对当地的陌生感。

起点，北京

　　我非常喜欢喝咖啡，因此结识了很多咖啡行业中的朋友，其中有不少来自咖啡产地，我经常和他们一起讨论关于咖啡的各种问题。我是在做杂志编辑的时候，喜欢上咖啡的。那时候同事们总是在桌子上摆放各种提神的饮品，速溶咖啡就是其中之一。每当冬天风很大的时候，冲上一杯就会觉得暖和了许多。我也喜欢去咖啡馆，与咖啡本身相比，我更喜欢的是咖啡馆的气氛和文化。因此，不论我去哪里旅行，都会去当地的咖啡馆里坐一坐。我写的很多文章中，也都会出现咖啡馆的身影。

　　在我去哥伦比亚之前，我对那里的了解都来自北京的两位哥伦比亚朋友——安娜和娜塔莉，她们是哥伦比亚驻华大使馆的工作人员。在我决定来南美洲之前，安娜曾邀请我去使馆做客。那次我们讨论的话题是如何让更多的中国人了解真正的哥伦比亚。娜塔莉和安娜说，在中国没有太多人知道哥伦比亚，有些人即使知道，对它的印象也大多与毒枭和贩毒有关。至于哥伦比亚的美景有多震撼、文化有多丰富，知道的人少之又少，这让她们觉得十分可惜。她们来到中国工作，最重要的目的之一就是希望能让更多人真正了解她们的家乡。

聊天的过程中，娜塔莉端了一杯咖啡给我，没有配牛奶，也没有加糖，就只是一杯淡色的黑咖啡。咖啡不是现磨的，而且冲泡好后放置一些时间了，因此没有冒热气，也没有散发出咖啡的香气。我端起杯子喝了一口，温度刚刚好，浓郁的醇香就在口腔里弥漫开来。就因为这一杯咖啡，我就已经开始想要亲近这个国家了。

⊙ 在去穆龙达瓦的路上，我被一个小村庄恬淡的美景所吸引

　　我算不上懂咖啡，但是和朋友们聊得多了，也喝得多了，就能分辨出咖啡豆新鲜与否、烘焙的好坏等细节，久而久之，我对咖啡口感上的差别也变得越来越敏感。喝完那杯温咖啡之后，娜塔莉又给我重新泡了一杯，这回的咖啡是滚烫的，闻起来味道依然很淡，喝下去的口感却依旧是令人舒适的醇厚。我早就知道哥伦比亚是全世界最重要的咖啡豆出产国之一，出产的咖啡豆品质很高，如果有人说哥伦比亚出产全世界最好的咖啡豆，我认为也不为过。对于咖啡豆的生长来说，哥伦比亚的自然条件非常优越，安第斯山脉在哥伦比亚境内分为东、中、西三路，大部分咖啡种植区都集中在这三路山脉的区域。

咖啡树是一种极其敏感的作物，需要在非常适合的条件下才能茁壮成长。哥伦比亚为咖啡树的生长提供了得天独厚的地理条件：肥沃的土壤和恰到好处的降雨量，温和的气候和足够的阳光都让这里堪称咖啡的天堂。

　　咖啡的采收过程也很有讲究，哥伦比亚的咖农们大多采用手工采摘的方式，因为每一颗咖啡豆的成熟期都不尽相同，如果使用机器的话，会把不成熟的和已经成熟的豆子混在一起，这样会影响咖啡的品质。尽管采摘成熟咖啡豆的过程极其辛苦，很多采摘者手上长满了水泡，但这份坚持也给他们带来了丰厚的回报。

　　如今，哥伦比亚咖啡对于这个国家来说，不仅是一门生意，在某种程度上，它还代表着这个国家的形象。但可惜的是，人们在津津乐道哥伦比亚咖啡的同时，却不知道哥伦比亚在哪里。咖啡种植者们雇用了哥伦比亚农民约50万人，这使得咖啡种植产业成为当地农村就业最重要的渠道。

　　没有人确切地知道咖啡是什么时候传入哥伦比亚并在此落地生根的。有一种说法是哥伦比亚的咖啡是17世纪时由传教士带来的。最初传教士在推广咖啡种植方面投入了很多精力，因为咖啡树苗从种植到能够采收果实需要花费好几年的时间，很多咖农耐不住漫长的等待拒绝种植。但第一批咖啡制成以后，在殖民者中大受欢迎，才使得更多人愿意种植这种外来的树种，慢慢地，当地人也开始迷恋上咖啡这种神

奇的饮品。如今，哥伦比亚咖啡豆因品质优良而享誉世界，但很少有人知道，大多数哥伦比亚人却喝不到最好的咖啡，因为最优质的豆子都用于出口，长得不太好的甚至生有病虫害的咖啡豆才会留在当地使用。

在飞往哥伦比亚的飞机上，空乘为我送来了咖啡，和娜塔莉在北京的哥伦比亚大使馆里给我喝的那杯咖啡味道极像，我瞬间想起了那股醇香，是那种哥伦比亚咖啡豆独有的柔和与舒适。飞机上的咖啡杯很小，我喝完一杯又要了一杯，那位空乘在送来第三杯咖啡的时候笑盈盈地看着我说："我很开心你喜欢我们哥伦比亚的咖啡。"是的，我也很开心能

⊙ 走在波哥大的商业街上，一座教堂的钟楼吸引了我的目光

够在还没有到达哥伦比亚的时候，就已经通过味觉感受到这个国家的气息了。

飞机抵达之后，我把身上所有的现金都换成了哥伦比亚货币，在机场大厅我找到问讯台，想在机场预订"咖啡之旅"的行程，并且希望他们能帮我找一位讲英语或德语的向导。接待我的女孩听说我是专程来看咖啡园喝咖啡的，非常惊喜，随即打了很多个电话，最后帮我联系到一位英文很好的向导，愿意带我去波哥大实现我的愿望。

我拿着工作人员写给我的导游住址迅速走出了机场，坐上出租车往波哥大市内方向开去。一路上，沿着山边的公路，一圈又一圈地绕下去，在接近波哥大的时候，我被眼前的景物震惊了。我本以为波哥大只是一个小城市，没想到这里竟然摩天大楼林立，阳光映衬着传统建筑的红色房顶，这与我的想象完全不同。这时，我突然明白了娜塔莉和安娜所说的"真正的哥伦比亚"是什么意思。

疯狂的胡安

　　旅途中遇到的人，有时候会将我的旅程带向另一种我不熟悉的风格，他们也丰富了我的人生。比如在乌尤尼结识的台湾大叔和来自罗马的格里克，给我一路温暖；而在哥伦比亚首都波哥大，胡安那亢奋的状态，也传染给了我。在我的印象里，那是一段有一些疯狂，有一些跳跃的旅程。

　　我乘坐的出租车在一条色彩斑斓的小巷子里停下。一下车，一股热浪扑面而来，我找到地址上的门牌号，在一栋联排的房子前，有个招牌，上面画着好看的图案，写着花体西班牙文。我敲门进去，一位戴眼镜的年轻男士立刻起身迎接我，感觉看到我时他比我更兴奋，甚至有些手足无措。他叫米盖尔，也就是我的向导，他的老板专门安排他在这里等我。看得出他也非常期待这次特殊的旅行。

　　他的英文十分流利，而且是纯正的美式发音，这完全出乎我的意料，原来他还是一名大学在校生，兼职打工。他也

很好奇为什么我的英语也很流利，他问我从哪里来，我说中国，他更加兴奋了，虽然看得出来他极其腼腆，但还是热情地拉着我说，这是他第一次和中国人说话。他问我介不介意再叫一个朋友过来，他的朋友对波哥大更熟悉。我自然是很乐意的，因为花一份钱请到了两位向导。

没多久，他的朋友胡安就来了。胡安和米盖尔完全不同，一进门就很大声地和我们打招呼。他一头蓬松的小卷发，看起来像戴了一个夸张的假发套，这发型看着和他本人极其协调。胡安和米盖尔打招呼的一套动作非常流畅而默契，他们把手肘互相一碰，接着又碰了一下拳头，一看就是十分亲密

的朋友。我讲了一句 Hola（在西班牙语中"Hola"是"你好"的意思），没想到这就像按下了胡安的开关一样，他开机关枪似的冲我讲了一堆西班牙语，我只得打断他，告诉他这是我仅会说的几句西班牙语之一。他哈哈大笑，把他的黑白格子围巾又重新围了围，然后问我波哥大的第一站要去哪里。我说我来哥伦比亚的目的就是喝咖啡，我对波哥大一无所知，除了咖啡。

"中国人也喜欢喝咖啡吗？"米盖尔好奇地问我。"嗯，现在咖啡在中国很受欢迎。在城市里，几乎每隔几条街就有一家咖啡馆。""真的吗？"米盖尔有点不相信，我能理解这种怀疑，就像在我亲眼看见波哥大之前我也无法相信这里的繁华。旅行这么多年，我体会最深刻的一点就是，很多在我认知范围之外的事情都存在着，我学会了用开放的心态去接纳，怀疑不如身处其境地参与其中。

如果问我整个南美洲的旅行中遇到的最有意思的人是谁，那一定是胡安。他整个人看起来每时每刻都很兴奋，随时会迸发出一些莫名其妙的想法，我甚至觉得他在某些时候有些失控。我们才出门他就大声地唱起歌来，完全不在意旁人的眼光，对此我并不反感，米盖尔更是见怪不怪了。胡安先带我和米盖尔来到附近的一家咖啡馆门前，店面很小，传统的欧式铁艺门与彩色的墙壁相得益彰，我还没来得及仔细欣赏就被胡安拉了进去。他像带着一件战利品似的，到处向人介绍我，他似乎认识咖啡馆里的每一个人，从老板、职员到每个客人，拉着我挨个儿和他们打招呼，嘴里一直重复着："你们看，我的新朋友，他来自中国，中国。"语气里透着自豪。我尽量配合胡安向咖啡馆里的人送出礼貌的微笑，所有人也都受到胡安的感染，热情回应。

负责接待我们的是一个戴着牙套的年轻女孩。胡安拨了拨他的卷头发，又昂着头整理了一下格子围裙，然后走到吧台后面去拿咖啡器具，就像在自己家招待朋友似的。我用刚学会的两句西班牙语和那位看起来不太专业的女咖啡师打招呼，她很腼腆，只看着我笑没有说话。胡安又跟她开了一句

玩笑，她拍了拍胡安的肩膀，转进吧台迅速地开始为我准备咖啡去了。

这时，吧台里另一位负责准备蛋糕的女孩儿走过来，手里拿着12个红酒杯，又拿来4瓶水。对于这些红酒杯是何用途我完全摸不着头脑，我问胡安："难道是要喝些酒吗？"胡安说："我的朋友，你要喝酒可以，我们晚些时候去，但是这些杯子是喝咖啡的。"喝咖啡的！太不可思议了，但我马上就对这种奇妙的"咖啡杯"充满了期待。我想着，估计我今天可以喝到好豆子了，不然怎么会摆开这种阵仗呢。

两位服务员陆续把要用的设备和原材料都端了过来，瓶瓶罐罐摆了一桌子，最后整个咖啡馆中央的长桌成我们几个人专属的了。咖啡师准备的是虹吸式咖啡壶，酒精灯已经点燃了，她快速地把一种豆子放进手动研磨机里，磨完后拿来让我闻了一下咖啡粉，那浓浓的带点焦味的香气瞬间让我的心静了下来。为了咖啡，我一路奔波，这味道就是治疗所有疲惫的良药。咖啡粉装好后，虹吸壶开始工作，没一会儿，一壶咖啡便煮好了。咖啡师分别给我们三人倒了一杯，我学着咖啡师的样子沿着红酒杯的边缘吸了一小口，在口腔里感受哥伦比亚咖啡的风味。在我品尝时，她告诉我这款咖啡的产地以及制作工艺，我没有追问庄园的名字。此刻，我只想专心地品尝咖啡，感受咖啡那丰富的层次感，这款咖啡非常柔和，没有任何偏向。我三两下就把红酒杯中的咖啡喝光了，而胡安和米盖尔还在一口一口地慢慢品尝。

　　咖啡师又磨了另外两种豆子，我一一闻过，又一一品尝。回味起来，我感觉喝咖啡的过程也像一场旅行，每一款咖啡豆的气味代表了一个目的地，第一种像巴黎的里昂火车站，第二种像来自苏黎世的甜品店，最后那个豆子喝起来像在京都。我并不知道这些感觉是怎么冒出来的，但是当我闻到咖啡的味道时，脑海中就自然而然地出现了那些地方。气味是有记忆的，咖啡这种奇妙的饮料总是能把我一段又一段的旅途记忆牵引在一起。我把我的感受告诉他们几个，米盖尔听了眼睛放光，觉得很新鲜，立刻又喝了一口咖啡，学着我的样子细细地回味，他说他也去过苏黎世，但从没有因为波哥大的咖啡而想起过那里。

还没等我喝完第三个杯子中的咖啡，又一杯饮品被端了上来。我以为这次是加了奶的另一种口味的咖啡，却听到胡安说："我的朋友，你一定要尝尝这杯，我希望你喜欢，这是我们最爱喝的。"我端起来，杯中液体入口，竟然是柔滑的热巧克力，这又出乎了我的意料。接着在我还没来得及说我有多喜欢这杯巧克力时，咖啡师又拿了两个可可果过来。长得像木瓜一样的可可果通体红色或黄色，表面坑坑洼洼的却很好看，她指着杯子告诉我，我们喝的东西就是由这种果子制作出来的，她怕我不明白，还特地演示了一遍。

"我太喜欢了，没想到你们会为我准备这个，我的确觉得咖啡喝了很多，需要喝点有能量的东西了。"我的话刚说完，胡安又等不及开口了："这是你在哥伦比亚一定要喝的，和咖啡一样重要，甚至对我来说比咖啡还重要，因为这些高品质的可可就产自我们哥伦比亚的火山旁边。"的确，哥伦比亚的可可在当地人的日常生活中扮演着很重要的角色，几乎可以说热巧克力是哥伦比亚的国民饮料，主妇们的一项必备技能便是在家里用可可做热巧克力，经常会煮上一罐子分给家里人喝。我一边喝一边看着杯中的热巧克力慢慢凝结，留在杯沿上的那部分已经变成固态的巧克力，我赶紧猛喝两口，但是烫极了。我又迅速端起旁边已经凉了的咖啡喝了一口，忽然，一种奇妙的口感充斥了我的口腔，两种物质经过化学反应产生了类似摩卡咖啡的味道。我又重复了一遍刚才的动作——一口热巧克力加一口冷咖啡，他们几个看了反倒笑了起来，米盖尔说我找到了喝咖啡最好的方法，也找到了喝热巧克力最好的方法，我想的确是这样。

我计划去三五家咖啡馆喝至少10杯咖啡，在这里已经喝了不少，于是准备离开。胡安端起酒杯叫大家一起干杯，我已经完全被胡安带进了哥伦比亚式的热情里。杯口刚挨到我

⊙ 波哥大的拉玛卡雷纳区展现着浓浓的波西米亚风情

的嘴唇，他又提高嗓门用英语向大厅喊起来："大家都一起举杯，一起欢迎我的朋友，欢迎这位从中国来的朋友！"我忍不住笑了，对于胡安的各种奇怪行径我已非常习惯，也乐在其中。我拿起装着咖啡的红酒杯，迎着周围所有人的目光和杯子转了一圈，嘴里不停地说着"谢谢""干杯"。

咖啡师提议再煮一杯别的豆子让我尝尝，我还没开口，胡安已经替我拒绝了，他说想带我去看看波哥大。说真的，我没想过要去逛波哥大，但此刻我完全同意胡安的建议，不能再坐在这里了。从我进来到喝完咖啡，客人一个都没有换

⊙ 胡安用一张纸币叠出一个心的形状，告诉我雕塑中空缺的心可以用它补上

过，所有人都会时不时地把目光投过来，好奇地打量我。为了让他们的关注不再继续在我身上，我顺应了胡安的提议，迅速地离开了。

后来我才发现，胡安疯狂的举动不仅是在咖啡馆里。他带我去波哥大街头看涂鸦的时候，刚好遇到两位正在巡逻的警察，他立刻冲过去对警察说："看，这是我的朋友，中国来的，中国，你们要不要和他合个影？"我一脸错愕，赶快给警察道歉，当街拦下正在工作的警察说这样莫名其妙的话太不应该了。但更不可思议的是，其中一个警察竟然掏出手机给胡安，让胡安帮忙拍照，我就这样被塞到了两个警察的中间。我原本以为拍完照片就可以离开了，没想到两位警察竟然说愿意带我一起去看看波哥大的街区，还让我不用担心波哥大的安全问题，摆出一副骄傲的主人翁姿态。

涂鸦几乎遍布波哥大的每一面墙壁，即使没有涂鸦的墙面也被涂上了各种各样的色彩。两位警察抢了胡安的活儿，开始向我介绍目光所及之处的所有涂鸦作品。要知道，就在几年前，波哥大的这些涂鸦还是像可卡因一样，被严厉打击的。那时候警察每天的工作就是上街去抓涂鸦艺术家们。如今，两位警察却在热情地为我介绍他们也为之兴奋的涂鸦作品。

我的周围到处都是来自阿根廷、美国、巴西和意大利等地的艺术家的作品，它们几乎散布在整个城区的每个角落，无论是旅馆的墙上，还是店面的铁门上，或是餐厅和酒吧的窗户边，精彩绝伦。在波哥大，就连空气里都弥漫着艺术的气息。

波哥大的每一间小酒店和咖啡馆里都挤满了人，酒馆的隔壁是咖啡馆，咖啡馆的隔壁是画廊，还有手工作坊以及眼花缭乱的服装店，一间连着一间。每一个人看上去都松松垮垮的，有点没睡醒的样子，但是奇怪的是，他们身上透露出的气息却和波哥大街区的波西米亚风格那样相配。

随着天色逐渐变晚，我们和警察道别，继续在波哥大的拉马卡雷纳穿梭。街边的人越来越多，只要太阳落下一些，人就会多出一批，似乎越接近夜晚，这里的人们就越活跃。当我们吃完晚餐时，波西米亚街上已经挤满了人，他们随意地坐在台阶上，打扮依然有些松垮，街边到处都摆满了水烟摊，每个人都在吞云吐雾，小酒馆的门口也围满了人。尽管场面看起来混乱无比，却让我感觉到这里充满了自由的气息。

街上的人变得越来越多，米盖尔有事要先离开，胡安也开始催促我离开这里，还提醒我带好东西。胡安说要带我去看一个人，我们步行翻越了一座山坡，在一个铺满青石板路的地方停了下来，那里有一间称不上是店铺的店面，用一些废弃的木板和塑料布支撑而成，里面放满了蔬菜和水果，一位头发花白的老人坐在门口。看到胡安她立刻站了起来，一边叫着胡安的名字，一边拥抱并亲吻他。胡安介绍说这是他

⊙ 只要一看到墙面上有涂鸦作品，胡安就会兴奋地跑上前去为我介绍一番

的奶奶，在这里已经卖了很多年蔬菜水果了。旁边还有其他的铺子，卖的都是一些日常的生活必需品。胡安让我挑一些水果，说这些果子只有在哥伦比亚才能看到。他随手抓起一个，在他的 T 恤衫上擦了擦递给我。我咬了一口，涩涩的，但随即一种甜香的味道就在口中散开，虽然搞不清楚这到底是什么，但我还是买了一些带走。临别时，胡安的奶奶也给了我一个亲吻，我本想多待上一会儿听她讲讲故事，但胡安似乎有无数个地方要带我去看，拉着我匆匆离开了。

　　我提议再去喝杯咖啡，胡安又带我去了另一个有些特别的咖啡馆。朴实的石头墙和蓝色的木门，外墙也画满了涂鸦。

⊙ 无数知名涂鸦艺术家会聚波哥大，让这里成为一座街头艺术之都

人们都坐在外面，我和胡安也同他们一样，选择坐在外面。一些当地的孩子看见我这样一张不一样的面孔觉得新奇又好玩，有几个胆子大一些的孩子害羞地跑到我面前，然后连一秒钟都没有停留又迅速地跑开，他们看我的眼神仿佛我是一个来自奇异世界的人。

我的哥伦比亚咖啡之旅就像一场不可思议的冒险，胡安让我有了这样一段奇妙又难忘的旅途。我的飞机在4个多小时后就要起飞了，我决定找个餐馆请胡安吃顿饭，表达对他的感谢。

我们来到离玻利瓦尔广场不远的一家餐厅，整个餐厅充满了复古情怀，食材被整齐地码放在吧台边的木框中，黑白棋盘色的地板搭配木制的家具和纯白色的桌布，显得安宁庄重。我们走上二楼，选了一个靠窗的位置坐下，透过窗户可以看到街上往来的行人。胡安说波哥大的美食远比这座城市的历史要悠久，西班牙人在16世纪抵达波哥大，在他们建立圣达菲之前，这里就已经存在一个由哥伦比亚穆伊斯卡人建立的自治定居点了。如今波哥大餐桌上的很多食物都可以追溯到穆伊斯卡人的饮食习惯，比如把土豆和玉米作为主食。

胡安帮我点了最传统的阿加科汤，本质上那就是一种土豆浓汤。与其他土豆浓汤的不同之处在于食材使用了哥伦比亚昆迪博亚卡高原的三种土豆，其中的克利奥拉土豆在煮熟的时候很容易溶解，这就使阿加科汤变得浓稠。波哥大人还会给汤里加上产自南美洲的牛膝菊和玉米。牛膝菊这种植物在18世纪被人从秘鲁带到英国，随即在欧洲疯狂地繁殖扩散，在英国甚至被安上了"无畏战士"和"女王的战士"这样的称号。我吃的阿加科汤里还放了撕成条的鸡胸肉以及牛油果，喝上一口，我的味蕾瞬间被这道传统的哥伦比亚菜征服了——这分明是我熟悉的中国西北炖土豆的口味。

我们点的另一份食物也令我印象深刻，那就是哥伦比亚炸饺子，这算是哥伦比亚人最喜爱的食物之一了。我咬下第一口就明白了他们喜欢吃的原因，被炸得酥脆的外皮略带玉米自然的甜味，土豆泥和牛肉混合的馅儿让饺子充满汁水又有弹性。我和胡安各吃了一份炸饺子之后又额外点了一份，不是因为饿，是因为实在太好吃了。胡安说这种炸饺子可能是由西班牙人或者葡萄牙人带来的，但发源地可能是亚洲或者中东。我告诉胡安这种说法还真有可能，因为这和我家乡的食物非常相似。这些哥伦比亚的食物带给我一种亲近感，食物永远是神奇的，那种由味觉唤起的混合着记忆和情绪的奇妙感受，又一次在波哥大这座城市带给我意外的惊喜。

去哥伦比亚

哥伦比亚并不像传说中那样毒枭遍地，也不像有些报道里所说的那样充满暴力，更不像大部分人想象的到处都是乱象。相反，我来到这里看到的是一派安宁和谐的景象，处处充满活力，目光所及之处干净有序。这不仅是我个人的感受，也是众多从哥伦比亚旅行归来的朋友的一致结论。哥伦比亚的物价也不高，食物非常可口，是一个非常值得前往的旅行目的地。

哥伦比亚这个国家是以新世界的发现者克里斯托弗·哥伦布的名字命名的，这里的原住民印第安人依然沿袭着祖先的生活方式和传统，咖啡是这里重要的农产品。

咖啡对于哥伦比亚人来说不但是一种饮品，而且已经成为这个国家重要的文化了。如果是咖啡爱好者，除了波哥大之外，还可以去麦德林、卡尔达斯和佩雷拉这几个地方。如果你有机会去咖啡庄园，可以站到高处俯瞰一层又一层的咖啡树，也可以去周围的村庄看看种植者们的生活，和他们聊一聊，了解哥伦比亚的另一面。

如果你是一个咖啡的重度爱好者，那么可以选在咖啡成熟的季节去哥伦比亚，在专业向导的带领下，到咖啡庄园亲手采摘新鲜的浆果。如果时间充足，还可以在哥伦比亚多停留些日子，找一个咖啡培训学校认真地学习咖啡的采摘、去皮、清洗、干燥、选豆以及烘焙，更深入的体验会让自己对咖啡的认知变得不一样。

雨果咖啡馆

　　我的另一场特别的咖啡之旅是在南非，那是在从动物营地开车回开普敦的路上。

　　当时我正开着车快到一个镇子了，突然困意袭来，想找个地方休息一下。路边的指示牌上标明右边的匝道去往野生植物园，另一边是伍斯特镇。我丝毫没有犹豫便选择了后者，因为我急需喝杯咖啡提神。尽管我对那个镇子一无所知，但过往的经验告诉我，想要快速找到镇子的中心，就按照路边住宿或者餐厅的标识走，这个办法总是很有效，在伍斯特镇也一样。

　　我原本以为这个镇子应该和路过的其他窝棚聚集的镇子没什么两样，对于能否买到咖啡我也没有什么把握，只想试试而已，我甚至想如果能找到一个同时养着猪和鸡或者其他牲畜的咖啡铺子就已经很好了。车子一路往前开，路两边出现了越来越多的洋房，门前还有花园和修剪过的草坪。镇子

的街区规划很整齐，连路边的仙人掌都被修剪成好看的造型，路上也看不到垃圾。这样的高级住宅与其他遍布着窝棚的贫民区显得格格不入，我突然有了兴趣，困意也消散了一些。

我放下车窗玻璃，叫住一位本地人问他哪里可以找到咖啡馆，他带着难以置信的眼神望着我，指了指旁边的路口说："就往那边走。"我拐过他说的那个街角，看到有其他车正在倒车，我继续往前开了一段，才发现原来前面有游行的队伍，好像镇子上正在举行声势浩大的庆祝活动，那阵仗都可以媲美大城市里的游行了。面前的路已经被各种大标语堵住，我想了想，决定把车停在路边，下车边走边找。

我看了看车子周围，路边有一个杂货店，还有一些卖廉价衣服的服装店，前边还有一个小超市和一个水果摊。在来

南非之前，众多的旅行信息都提醒游客一定要看牢随身物品，时刻保持警惕。车的后备厢里放着我在南非旅行期间的所有物品，我肯定不愿意看到后备厢被人撬开，于是下车后又仔细地把后备厢检查了一遍，关上又打开试了好几遍，确认后备厢的锁完全没有问题后才敢离开。

　　我连续走了三个拐角，眼前忽然开阔起来，两家装潢精致的咖啡馆跃入眼帘。这两家店铺一看就是经过精心设计的，门口有一棵不算很大的橡树，两家店分享着同一片树荫。我选了其中一家有沙发的咖啡馆径直走了进去。环顾四周让人觉得有些恍惚，明明几个拐角之外还是一副街头市井的模样，而这里却完全不同。这一片区域简直时髦极了，连卖衣服和饰品的店铺都显得很高级，旁边竟然还

有一家花店和一家超市。尽管刚才停车的地方已经让我对这个叫作伍斯特的镇子刮目相看，但这里的时尚感更是超乎了我的想象。

　　咖啡馆的门敞开着，熟悉的烘焙味道随着风一阵阵地扑面而来，这里一定有现场烘焙的机器正在工作，这是鼻子告诉我的。我往右边一看，果然有一个店员正在烘焙机前忙碌着，他身后的墙上有一幅壁画，画的是咖啡园的场景。店员微笑着向我问候，旁边另一个店员也过来和我打招呼。当他们知道我来自中国时，都非常兴奋。"在我们这个镇子上，从来没有见过从中国来的客人！我们只见过一次俄罗斯人。"其中一个店员说道。听到他这样说，我也很开心，要了一杯双份的意式浓缩咖啡。

　　"我想买一包现烘出来的豆子带走。"我对一位戴着眼镜的店员说。没想到他和同事立刻都用惊奇的眼神看向我，似乎连说话都带着一丝不知所措，反复地问我："你也喝咖啡啊？"我说："当然，咖啡可是我生活中必不可少的东西，每天都喝。"我告诉店员我不喜欢太酸的口感，于是他给我推荐了一款巴西豆子，说这款咖啡豆的口味是店里所有豆子中他认为最好的，架子上面那些埃塞俄比亚的豆子酸味偏重，让我不要选择。但是这时，负责烘焙豆子的那位大叔跨过装咖啡豆的麻袋向我走来，他手里拿着埃塞俄比亚的豆子，说这才是我最应该买回去的，因为店里只有这一款咖啡豆来自非洲，其他豆子都是从别的产区运来的。烘焙师的话很有道理，既然我来到了非洲，就应该带些非洲当地的豆子回去。

埃塞俄比亚是咖啡的发源地，埃塞俄比亚的豆子也是优秀咖啡豆的代表，其特点是总有一股苹果的酸甜味，那种果香让人感觉很舒服。看到我决定要买埃塞俄比亚的咖啡豆了，烘焙师来了兴致，开始给我介绍起来，这些豆子都是刚刚烘焙好的，等我带回家正是味道开始释放的时候。

在这家装潢时尚的咖啡馆，我竟然看到了来自世界各地的咖啡豆，这一点也让我非常惊讶。"这是巴西的豆子吗，怎么会在你们这里出售呢？"我问道。店员脸上露出得意而又自豪的表情，这表情也让我明白了这家咖啡馆在当地的地位。

我对于咖啡的喜爱，让我不愿错过任何一款优秀的咖啡豆，因此店员给我推荐的豆子我也买了两包。那款豆子来自巴西。巴西拥有全球三分之一的咖啡树，"咖啡王国"的头衔当仁不让。关于巴西的第一颗咖啡种子还有一个有趣的传说。早在巴西属于葡萄牙殖民地的时候，有一位官员去法属圭亚那，在那里竟然因为其个人魅力而赢得了当地首领妻子的芳心。在他临走的时候，首领妻子送给他一束花，花里面就放着一些咖啡种子。这个人回到巴西后，种下的咖啡种子慢慢发芽长出了小树苗，小树苗又长成了咖啡树，直至后来咖啡遍布巴西。几乎每一个咖啡产地的起源故事都那么令人着迷，让我乐此不疲地去追溯和找寻。

作为一个来自中国的咖啡爱好者，我与往来的游客和本地人一起，聊着埃塞俄比亚和巴西的咖啡豆，我还在尽量满

天气晴朗时，坐在咖啡馆门口非常惬意

足一位店员学习中文"你好""谢谢"的要求。眼前的美好突然给我一种感觉——世界原本就是这样，没有界限，没有防备，有的是共同的需求和共同的爱好，不论相距多远，我们都在一起。

我正想着出神，我的双份意式浓缩咖啡送上来了，用的是埃塞俄比亚的豆子，咖啡的上面浮着一层厚厚的克丽玛（crema）。克丽玛就是咖啡上浮着的一层油脂，它可以衡量做咖啡所用的豆子的新鲜程度。一杯咖啡的克丽玛越多，说明所选用的咖啡豆中含有的二氧化碳越多，咖啡豆也就越新鲜。按这杯咖啡的油层厚度来看，豆子应该是非常新鲜的。我喝咖啡不喜欢啜着喝，要品味道只需闻一下即可，我没有加糖，三两口就把咖啡喝完了，这杯咖啡将要支撑我开车到达开普敦。

疲惫感消散后，我开始仔细打量周围。咖啡馆的名字叫雨果（Hugo），名字非常好听，咖啡馆的标志是插画风格的一个有着长胡子的人像，想来应该是那个叫雨果的人。我好奇地向服务员证实，果不其然，画像上的人叫雨果·诺德（Hugo Naude），是一位在伍斯特镇生活过很久的艺术家。标志上"雨果"名字后面还有"烘焙"的字样，是为了突出咖啡店的特殊性。店员拿了一杯放着柠檬与冰块的白水过来，他一边把水递给我一边问"kon ni chi wa"¹在中文里是什么意思，我纠正他那并不是中文，他又问了我关于Jackie Chan(成龙)和Bruce Lee（李小龙）的一些问题。在如今这个时代，Jackie Chan这个名字在国内还常常被提起，而后者却已经成为上一辈人的记忆了。

我想找出一个新的人物作为中国的名片告诉店员，毕竟时代一直在向前发展，可想了半天，却怎么也找不出一个合适的人选。其实，Jackie Chan和Bruce Lee的影片我并没有看过多少，倒是我的父辈比较迷恋他们，要是我父亲也在这个咖啡馆里，估计他们能聊上很长时间。喝过冰水，我的困意已经全部消散，我离开了咖啡馆准备继续上路。按照记忆我原路返回，所幸车子还依然是我离开时的样子。

---

1 日语"你好""早安"的发音。

追寻帝王花

　　有的人会为了心中的思念而不远千里来到他（她）的身边。而我，也常常会为了某样吸引我的事物而义无反顾去赴一场内心的约会。

　　去南非开普敦最初的动念起源于帝王花。但当我抵达开普敦的时候，却被这里的咖啡品质所打动。在开普敦，我发现哪怕是随便走进一个路边的咖啡店，咖啡的品质都非常好。我在开普敦的住处是一座建在半山腰的洋房。在开普敦的那几天，我总是很早起床，这一方面是因为时差，另一方面是因为旅馆的老板告诉我现在正是鲸鱼季，早晨在露台上也许能够看到海中跃出水面的鲸鱼。于是，我每天早上都按时到露台等候鲸鱼，旅馆的老板很热心，总会为我打开音乐，再送上一杯醇香的黑咖啡。咖啡的味道好极了，那种从口腔到神经的舒适感，作为新一天的开始再适合不过了。

　　事实上，尽管我每天早上都起得很早，老板也给我准备了两个望远镜，让我可以随时观察海面，但我连一头鲸鱼也没有看到，好在每天都可以在露台上喝到好喝的咖啡。旅馆虽然很小，只有几个房间，但是能看出来旅馆的经营者在这里花费了很多心思。一踏进旅馆的门，你就能感受到十足的艺术气息，像走进了某位艺术家的家里。这种感觉很快就在我用早餐的时候得到了验证，旅馆里的装饰品、雕塑、画作都是售卖的，住客只要喜欢就可以买下带走。

在开普敦期间，我最喜欢的要数旅馆客厅里的花束了，那是由帝王花、针垫花和木百合组成的花束，我走进旅馆时第一眼就被它们吸引了。帝王花是我在北京的花市里最喜欢的花材，每次看到它我都希望有机会到产地去看一看。所以这次来南非，我自然不会错过这个难得的机会。我原本以为要看帝王花一定要去拜访这里专门种植帝王花的农场，在来开普敦之前我还特地查找了关于帝王花农场的信息，手边的本子上也已经列出两家帝王花农场的路线，计划到南非之后就打电话问讯参观事宜。结果到了开普敦我才发现，原来帝王花在这里随处可见。在游桌山时，盘山而上的道路两边，大片大片已经长成树一样高的帝王花正热烈地开放着，帝王花的旁边还有针垫花和木百合，原来在自然环境中它们就是生长在一起的。

知道我喜欢帝王花，旅馆老板建议我一定要去康斯坦博西植物园看看。来开普敦之前我对这个植物园几乎一无所知，

TABLE MOUNTAIN, CAPE TOWN, SOUTH AFRICA.

#TableMountain

33°54'21.9"S 18°25'15.7"E

直到我走进这座植物园，才从心底感激起旅店老板来，幸亏有他的推荐，我才没有错过这么精彩的地方。这里种满了来自南非的各种植物，其中不乏奇花异草，当然这里的主角是帝王花家族。在各种盛放的帝王花花朵间，吸蜜鸟不停地穿梭、忙碌着，这是我第一次看到这样的场景，原来帝王花和针垫花的花蜜是这种漂亮的鸟儿最喜欢的食物。

1911年，一个叫内维尔·皮兰斯的年轻园丁带着植物学家亨利·哈罗德·皮尔森(Henry Harold Pearson)来到开普敦参观，他们开车一路行进，最终选择在这里建造南非国家植物园。1913年，当时的南非联邦政府还拨款来支持这座植物园的修建，目的就是让人们可以有地方更好地开展南非植物的研究，也希望这里可以成为南非人民启发心性的地方。的确，这个美好的愿望实现了，在时隔百余年之后，植物园的的确确打动了来到这里的每一个人。走进植物园，耳边除了鸟鸣，还有流水和风的声音，静静聆听，仿佛时间都停止在了这一刻。皮尔森教授于1916年过世，墓地就在康斯坦博西的花园中，百余年来陪伴他的是他的美好愿望。

⊙可能很多人都不知道，南非也有企鹅

去南非

南非并不是知名的咖啡产区，但由于南非人对咖啡豆质量的把控和高超的烘焙技巧，在这里你也可以喝到高品质的咖啡。

中国有直飞南非约翰内斯堡的航班，但是飞行距离很远，很考验旅行者的耐心。当然，你也可以选择在亚的斯亚贝巴或者多哈转机。

除了肯尼亚和坦桑尼亚，在南非也可以看到很多野生动物。尤其是克鲁格国家公园，在这里成群的大象、羚羊和河马都可以近距离观看。在南非还可以看到一种很特别的动物，那就是企鹅。大多数人以为企鹅只在南极生活，其实在南美洲、大洋洲、非洲都可以看到企鹅的身影。南非的企鹅有一个非常特别的地方，那就是在它们眼睛的上方有一小片粉色的腺体，看上去像涂了粉色眼影。

如果是植物爱好者，南非更值得前往。无论是在广袤的平原上，还是在海边的灌木丛中，都生长着神奇的植物，很多植物都是南非所特有的，南非为全球物种多样性做出了巨大的贡献。国内近年来十分流行的多肉植物，在南非的原野上随处可见，好望角海岸线上的多肉花海十分令人震撼。

鸡舍和猪圈咖啡馆

在我的旅行中，与非洲大陆仅一条海峡之隔的马达加斯加，是另一个与咖啡有关的国家。

大多数人对于这个神秘又亲切的国家的认知都来自动画电影《马达加斯加》。当我和朋友们提起马达加斯加的旅行时，总是有人立刻就说出那部电影的名字，还会问："马达加斯加有没有企鹅？"事实上，马达加斯加没有企鹅，生活在这里的野生动物也与生活在非洲大陆上的有很大的不同。自从这里从非洲大陆分离出去以后，生态系统的自然演化就形成了自己独有的一套体系。如果你有机会来到这里就会知道，这个被我们熟知却又陌生的岛屿是如此有魅力。

在马达加斯加旅行期间，咖啡一直是我重要的旅行伙伴，就如同卷烟对于我的司机劳朗先生来说一样。我每天都在马达加斯加的不同地方喝很多杯咖啡，他也在田间或者公路边抽很多支卷烟（自己用纸包裹着烟丝卷起来的那种烟）。在马达加斯加要找到一个让人放心的司机太难了，幸好我找到了劳朗先生，才使我的马达加斯加之行一路顺畅。

到达马达加斯加首都塔那那利佛的机场后，劳朗顺利地接到了我。我们离开机场，劳朗一边开车一边嘱咐我行车期间不要轻易打开车窗，因为塔那那利佛的治安不是很好，透过车窗直接抢东西的事情时有发生。我计划去的目的地是穆龙达瓦，一路上车子开得很慢，不仅因为路况差，也因为路上经常会蹿出动物来，有些动物是家养的，有些是野生的，最有意思的是路上还经常会遇见变色龙。

⊙马达加斯加有最美的夕阳

每次遇到变色龙过马路，劳朗都会把车速降下来，或者干脆把车停到路边，然后带我去公路中央近距离观察变色龙过马路的过程。我原本以为变色龙的速度是很慢的，但每当我们走近一些想要蹲下的时候，变色龙就会嗖的一下跑掉，瞬间就从我们眼前消失了。我很惊讶，这和我在纪录片里看到的情形大相径庭。马达加斯加的变色龙非常多，以至后来劳朗再说有变色龙的时候，我已经没有了一开始的新奇感，甚至都懒得再下车去看了，但他依然充满热情，每次遇见，都会兴奋地大喊。

　　车子开了很久，最后停到一间酒店门前。我看了一下地图，才知道已经到达安齐拉贝了，这里也是一个受旅行者喜爱的旅游目的地，但我此行只是在这里停留住宿而已。这间酒店对比周围的环境来说，是奢华高级的，酒店的设施一应俱全，但客房只能用阴森可怖来形容。由于到达时已是晚上，我打开房门时房间里非常黑，打开灯，那微弱的光亮使得房间更显昏暗。房间很大，但里面只有简单的家具和几件形状奇特的木雕，家具都是暗沉沉的黑色，没有上过漆，看起来有些陈旧，那几件木雕我更是连看都不敢多看一眼。走进房间，我迅速地把门窗锁好，把窗帘也拉得密密实实的。窗外非常安静，偶尔传来几声狗吠，但很快狗也睡觉了。在这样的房间里，我也只得尽快上床。房间的温度很低，床品也很单薄，我就穿着衣服睡去了。

第二天，我很早便起床了，早起并不是因为时差，而是因为前一天晚上的确没有休息好，我准备下楼四处走走。刚下楼，就看到劳朗在大厅里坐着抽烟卷儿，我没想到他来得这么早。他见到我也有一丝惊讶，可能同样没想到我会这么早起床。我告诉他我需要一杯咖啡，劳朗用手比画着让我回去再加件衣服，然后他带我去咖啡馆。听说可以去咖啡馆，我立刻有了精神，穿上件外套就跟着他出门了。

清晨的安齐拉贝好像比昨晚更冷一些，这里早晚温差之大是我着实没有预料到的。路上已经有行人来来往往了，他们看到我都很好奇，有些人甚至停下脚步，眼睛直勾勾地盯着我看，胆子大一些的会和我打招呼。我们快到市中心的时候，太阳也升起来了，暖色的光线把街上的一切都包裹了起来，这耀眼的颜色和前一天日落时候的一样美丽。后来在马达加斯加旅行的时间长了，我才知道，这个岛是一个"日光岛"，无论日出还是日落，光线都那么耀眼，好像太阳想穷尽自己的力量把这个非洲的奇妙岛屿照暖。路边的小铺子一家挨着一家，卖吃食的小店都已经开了门。上学的孩子们背着书包走在街上，见到我，他们纷纷停了下来，站在我面前盯着我看，好像我是从《马达加斯加》的动物园里跑出来的小动物一般。有些胆子大一些的男孩子用英语和我打招呼，我回应了一句，而后一大群孩子立刻都围了过来，争着和我打招呼。他们指着我的眼镜，非常好奇。我抬头看了一眼周围，发现整条街上好像只有我一个人戴着这玩意儿。我取下眼镜给其中的一个孩子看，他戴上之后兴奋极了，于是周围的孩子们也都表示想试试看。看着他们天真的样子，我也忍不住和他们一样开心起来。就这样眼镜被传来传去，最后在劳朗的帮助下总算传回到我的手里。

我终于又戴上了眼镜，眼前的一切又变得清晰了，孩子们依依不舍地渐渐散去，劳朗把我带到一个矮矮的房子前。那房子的门口摆着一个玻璃箱，里面放着各种油炸的面点，样子有点像甜甜圈，房子里跑着几只鸡和两头猪，劳朗告诉我这就是咖啡馆。我瞪大眼睛，眼前的景象让我难以置信。

⊙ 在红色的河水中淘金的人们

劳朗帮我要了一杯咖啡，等杯子递出来的时候我忍不住笑了，这杯子一定是中国生产的，因为它和我小时候用过的搪瓷杯一模一样，上面还印着中国餐具上常见的富贵牡丹的图案。我们坐下不久，又有一群当地人聚集到我和劳朗的面前，他们都是来看我如何喝咖啡的。年轻的女老板手里拿着一罐白糖问我要不要加糖，我加了一勺，然后用小勺子在杯子里轻轻地搅了搅，旁边围观的人竟然都笑了起来，好像他们看到了什么新鲜事似的。

　　我喝了一口咖啡，味道很淡。说实在的，那味道已经不像咖啡，倒像是一杯大麦茶。但马达加斯加确实是出产咖啡豆的，这杯令我有所怀疑的饮品也确实就是咖啡。我很快地喝完了第一杯，又要了一杯，咖啡馆的女主人熟练地给我倒上第二杯，这次我没有加糖，尝了一口，口感好像好了一些，尽管我还是能吃出玉米或者小麦烧焦的味道。咖啡实在太淡，我又迅速地喝完第二杯，当我端起第三杯咖啡的时候，劳朗指着玻璃柜子里的油炸面食，问我要不要吃一个甜点，是的，他的确说的是"甜点"这个词。我迅速地在脑海中想象了一下咖啡和油炸食品搭配在一起的味道，摆摆手拒绝了。

劳朗和女主人都说法文，这里路边的墙上张贴的啤酒广告也都写着法文，再加上当地人喝咖啡配甜点的习惯，我心中暗想，这条由低矮房屋连成的街道应该就是安齐拉贝的"香榭丽舍大街"了。从 19 世纪中叶开始，在法国人的枪炮下，马达加斯加一步一步被法国侵占，并在 1896 年完全成为法国的殖民地，侵略者还将马达加斯加原本的王室流放到留尼汪岛和阿尔及利亚。自那以后，法国人开始在马达加斯加修建学校，特别是在农村和沿海地区，6 到 13 岁的孩子都被要求必须上学，教育的重点则是法语和日常的技术技能。

直到 1960 年，马达加斯加才宣布独立，但他们的第一任总统依然是法国人任命的。如今，马达加斯加依然和法国保持着紧密的联系，很多重要的职位仍旧由法国人担任，学校也继续使用法国的老师、教科书和课程体系。

盛咖啡的搪瓷杯很小，我接连喝了四杯，总算觉得尽兴了。我掏出一张纸币想付钱，玻璃柜后面的女主人却面露难色，原来我拿出来的纸币面值太大了（如果换算成人民币，四杯咖啡还不到一块钱）。最后劳朗替我付了钱。

喝完咖啡，我在沿途所有人的注视中回到酒店。此时，酒店的餐厅已经开始供应早餐了，有刚出炉的小面包、切得很整齐的水果、花花绿绿的果汁，还有腌肉片。每道菜看上去都十分精致，和我刚刚去过的咖啡馆反差很大，甚至和酒店外整条街的感觉都完全不同，这里是另一个世界。

吃过早饭，我和劳朗继续开车奔向下一个目的地。车子一路都行驶在马达加斯加的原野上，由灌木丛组成的荒原一直蔓延到地平线。我猜这些灌木中间可能藏着咖啡树，因为据说有将近一半的野生咖啡树的品种都在马达加斯加境内。这个说法我不知是真是假，但马达加斯加人的确非常热爱咖啡，你随便走进一个路边的杂货摊都会看到摊主在炒制咖啡豆。马达加斯加之所以有那么多野生咖啡树，是因为这里的狐猴和果蝠，它们爱吃成熟的咖啡浆果，再通过粪便把咖啡种子散播到各个地方，有些种子甚至还被它们带到了留尼汪和毛里求斯。如今，在这片原野上，有着对世界咖啡产业非常重要的咖啡基因库，马达加斯加政府投入很多钱用于收购咖啡猎手们从全岛野生环境下收集来的咖啡豆，有效地保护了这些咖啡品种。未来这些野生的咖啡品种可能对全球咖啡

⊙ 穆龙达瓦著名的猴面包树大道，也被称为「日落大道」（上）

⊙ 用石棉瓦搭起一个棚子，就成了咖啡馆（中）

⊙ 在我享受这杯咖啡的时候，脚下却围着老板家养的一群小鸡（下）

种植中遇到的害虫防治以及药物耐受等问题的研究具有非常重要的意义；对咖啡行业的产品差异性和可持续性发展也起着非常重要的作用。

劳朗持续开了 4 个多小时的车，需要休息一下，于是我们在一个村口停车。村子沿河而建，河里有很多少年光着身子正在游泳，村口架着一个小火堆，一个女人在火堆前干活，几个男人百无聊赖地坐在树下，树旁边的草棚子上挂着几条鱼，看起来像刚从河里捞上来的。我们的车子刚一停下，就引起了村口男男女女的注意，大家都围了上来。我走到那个小火堆旁，立刻辨认出那从火上飘来的味道是烘焙咖啡的味道！原来那个正在干活的女人是在炒制咖啡豆，这种粗犷的烘焙方式我还是第一次见到，以这样的方式烘焙出来的咖啡我是肯定要喝上一杯的。

看着锅里咖啡豆的颜色越来越深，到最后变成了焦黑色，我有些着急起来，很想叫她马上停下来，但我没有开口。我想她之所以这样炒制咖啡豆，一定是他们世代延续下来的做法，也许这还是从家里某位长辈那里传下来的手艺。所以我继续在一旁等待。周围的小孩们也都跑了过来，他们同样对我的眼镜产生了浓厚的兴趣。我摘下眼镜递给其中一个男孩，他戴上眼镜之后非常开心，不停地转头给旁边的人看，其他人也都跟着开心地咧开嘴笑了起来。

炒制咖啡的过程中，那女人一直不停地用手上的黑色木棍在锅里搅拌，终于，在一阵浓浓的焦煳味散发出来时，她停了下来，那焦煳味很重，已经完全遮住了咖啡的香气。接着她开始研磨，刚才那些咖啡豆慢慢爆开。随即她冲好咖啡分给众人，我也分得了一杯，没有糖，大家也都很自然地没有加糖。我喝了一口咖啡，那味道和在安齐拉贝早上喝到的味道一样，很淡，能尝到些咖啡味，但更像大麦茶。我猜想，他们可能从没见过咖啡机，但他们也喝着咖啡，用最原始的方法炒制，又用最原始的方法冲泡。我很喜欢这种方式，一种一切回归本初的感觉，虽然粗狂，但这种贴近自然的状态令人着迷。此时我已经忽略了咖啡的味道，我想那些坐在巴黎街头某家精致咖啡馆里穿着体面喝着意式浓缩的人，可能不知道在世界的某个地方，咖啡是这样喝的。

　　喝完咖啡，我硬塞了一些钱给那个女人，尽管她一再表示咖啡是免费的，但我还是坚持要付钱。因为在这样一个神奇的岛屿上，我享受了这样一杯特别的咖啡，这段经历对于我来说十分珍贵。我希望她能将这样炒咖啡豆的方式延续下去，也希望她未来能有机会见到意式咖啡机，也能喝上一杯双份意式浓缩咖啡。正是因为有这么多不同的选择，这个世界才如此丰富斑斓。

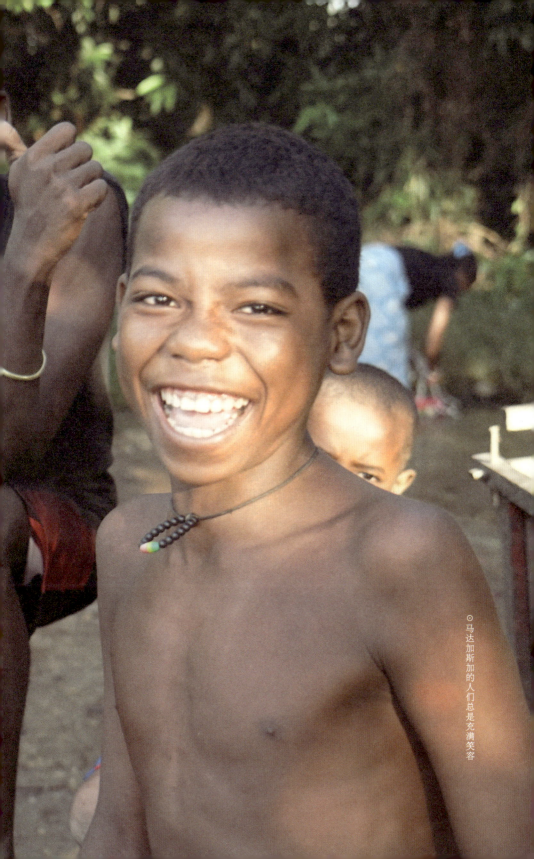

⊙ 马达加斯加的人们总是充满笑容

凉棚咖啡馆

　　只要内心真正渴望，一切外在的形式都会变得不重要。咖啡对于我来说，便是如此。无论是在野外露营时用酒精炉煮的咖啡，还是咖农家里水壶煮的，抑或是在田间村舍喝的咖啡，那份味蕾上的享受和咖啡香气带来的宁静都丝毫没有分别。

　　在马达加斯加，各地的菜市场里都有咖啡生豆售卖，摊主们用使用过的炼乳罐或者番茄酱罐来计算咖啡的数量，只见他们一罐一罐地把豆子从麻袋中舀出来，再按照装罐的数量来计算价钱。买咖啡生豆的人大多是妇女，她们一般都是买回去自己炒制，然后研磨好，再煮给家里人喝。我在穆龙达瓦的市场里也看到了这样卖咖啡生豆的场景。

　　穆龙达瓦位于马达加斯加西海岸，那里有一条著名的猴面包树大道，大道两旁长满了猴面包树，由于日落时分是这里最美的时候，于是浪漫的法国人也称这里为日落大

赖特莎的妈妈站在自家的船上，和我们聊起过去的事情

道。街上，来往的妇人将各种各样的物品统统顶在头上；人们赶着牛车或者牵着牛从猴面包树下匆匆走过；还有的人在猴面包树下搭一个窝棚就住下了。路边，孩子们成群结队地在一起玩耍，他们每个人的手里都拿着一条变色龙。每当有游客来看猴面包树时，他们就会把变色龙放到游客的手上，等游客们拍完照片后他们就马上收费，这已经成为他们赚钱的一种方式。

在穆龙达瓦期间，我住在朋友赖特莎的家里。那是一所靠海的大房子，搭建房子的材料主要是木头和草，并且那房子是她和她的家人一起亲手所建。赖特莎是比利时人，十年前与丈夫和孩子一起把家搬到了马达加斯加，后来她的丈夫和孩子又都回到了欧洲生活，她却不愿意回去。在马达加斯加的这些年让她彻底爱上了这里，尽管要与家人分离，她也义无反顾地选择留在马达加斯加。她说选择生活在马达加斯加是她这一生最大的冒险，但这次冒险让她觉得自己是幸福的。赖特莎之所以这么执着地留在马达加斯加，是因为她是一位地质学家，马达加斯加丰富的地质地貌和各种各样的石头令她着迷。赖特莎的家里有一间工作室，里面存放着她全部的研究成果。赖特莎拥有一艘大帆船，据说她曾经驾驶这艘帆船去过南非，那是她年轻时经常做的事。

赖特莎也喜欢喝咖啡，我和她分享了很多我在旅行中喝咖啡的故事，也和她聊起过我在比利时旅行时的经历，我们有聊不完的话题，咖啡永远是我和朋友聊天时最好的开场。赖特莎的家门口就有一个咖啡摊，每天早晨摊子都会准时摆开，这里的咖啡也是盛在搪瓷杯里出售的。有一次，我们一起去摊上喝咖啡，摊主建议我们配点甜点，我发现这里的玻璃柜中摆的不再是油炸的甜甜圈了，而是一种看起来像米糕一样的白色糕点。我要了一块尝了一口，果然是米糕，米香和着淡淡的甜味，配马达加斯加的淡咖啡吃起来口感刚刚好。

在穆龙达瓦和马达加斯加南部的很多小村镇上，我的早

⊙ 稻田边上的凉棚咖啡馆，一杯咖啡大概只需要人民币2角

餐或者午餐经常是大米粥或鸡汤米线。这种鸡汤米线和我在国内吃过的几乎没有差别，无论是鸡汤的味道还是米线的嚼劲，都让我无法相信这是非洲人日常的食物。每次我和当地人一样端着一碗米线站在路边吃的时候，都会被过往的行人围观，有的人还会对着我做出"好吃"的动作。在外旅行时，接纳当地食物是一种最好的融入方式，这是我在各地旅行时感受最为明显的一点，接纳也意味着被接纳，包容就意味着被包容。

马达加斯加人非常爱吃大米。我们开车从塔那那利佛到穆龙达瓦的这一路上，经常可以看到一片片的稻田。马达加

斯加人吃大米的历史由来已久，因为在这个岛上生活的居民中，有一部分人是在 3 世纪到 10 世纪之间从东南亚迁徙而来的，他们带来了稻谷的种子，自那时开始稻米就在这个岛上落地生根了，直至今天大米已经成为马达加斯加最重要的食物。尽管马达加斯加距离非洲大陆只有 400 多公里，来自非洲大陆的人也已经和来自东南亚的人完全融合，但有一些马达加斯加人仍觉得自己不属于非洲，的确，从长相上来看，他们和非洲大陆人还是有很大的不同。

马达加斯加还有另一种咖啡馆。在公路旁的稻田空地上，你经常会看到当地妇女在一个简易的棚子下卖咖啡。

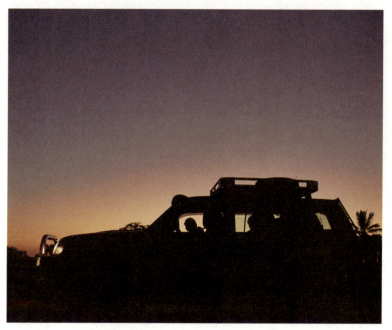

事实上，这棚子几乎没有任何实际功能，因为它既无法遮风，又无法挡雨，甚至连阳光都挡不住。棚子下面通常会摆放一张桌子，桌子上摆着玻璃柜。这种玻璃柜仿佛是所有马达加斯加做食品生意的人统一定制的，尺寸、样式都一样。玻璃柜里摆放着油炸甜甜圈和米糕，旁边放着几个搪瓷杯和勺子，这就是一家稻田里的凉棚咖啡馆了。这样的咖啡馆见得多了，我才理解了棚子的意义，这个棚子是一个象征：只要支撑起这么一个棚子，这里就是一个独立的空间，就从周围的环境里脱离出来，棚子下面的所有摆设都变得合情合理了。

⊙ 行驶在马达加斯加的公路上，路边的美景让人目不暇接

在这种凉棚咖啡馆里，一杯咖啡的价格换算成人民币只需要2角。咖啡都是提前冲好的，灌在暖水瓶里，那暖水瓶和搪瓷杯一样，也是我们小时候见过的那种。

马达加斯加的公路大部分都是土路，有些地段坑坑洼洼，有些地段却非常平整。我一路都坐在副驾驶位上，经常能看到劳朗行驶一段时间就打开车窗猛吸一口他的烟卷，然后抓起一两张钞票向车窗外扔去。这样的动作重复了很多次，我终于忍不住问他为什么要这样做。劳朗示意我到前面再看一次。于是在他下一次撒钱的时候，我看到原来车外有人在捡钱，那些人手里还抱着大块的红色土块。劳朗告诉我，路面上的大坑小坑都是这些人用红土块填平的，原来他们是"修路"人。在马达加斯加，有些人把修路作为谋生的手段，这些人和路过的司机之间已经形成了一种默契，只要路面上有坑被填平的痕迹，开车的人都会自觉地把钱扔向窗外以表示感谢。我们从塔那那利佛开车到穆龙达瓦，再从穆龙达瓦开车返回塔那那利佛，一路上撒了不少钱出去，我发现路上的司机几乎都会这样做。后来劳朗把他方向盘旁准备的钱拿给了我，我也学着他的样子，每当遇到那些辛苦填路的"修路"人，我就把钱撒向窗外。

去马达加斯加

马达加斯加是位于印度洋西部的非洲岛国，与非洲大陆隔海相望。它与印度洋中的另外三个岛屿——法属留尼汪、塞舌尔和毛里求斯一样，皆因种植香草而闻名。这四个地方各具特色，每一处都值得前往。

如果时间充裕，可以把这四个地方安排在一条旅行线路里。行程大致是：从塞舌尔飞往马达加斯加，下一站前往法属留尼汪，最后飞往毛里求斯。四个地方之间的距离都不算太远，之所以这样安排，是因为线路上相对比较顺畅。在众多的热带岛屿中，这四座岛屿算是其中的佼佼者，这里有神奇的海椰子，有大象龟，有随时可能喷发的火山，还有猴面包树，当然也有很好的咖啡。

马达加斯加是一个可以放心前往的旅行目的地，除了在首都塔那那利佛要注意治安之外，其他地方都比较安全。当地的物价极低。马达加斯加懂英语的人不多，如果不学上几句法语，可能很多时候难以和当地人沟通。但当地人非常热情，他们很乐意与外来人交流，他们对每一个旅行者都充满了好奇。

马达加斯加是一座露天的矿石博物馆，这里能淘到很多矿石，甚至宝石，以及各种各样的化石。你也可以在向导的带领下去出售石头的店铺购买，不过购买时需谨慎挑选。

从马达加斯加回来时，我的行李箱里装了很多工艺品，有草编的猴面包树和变色龙，还有各种各样的木雕作品，尤其是那些木雕的猴面包树，形态各异，做工非常精美。

掉进色彩的
染缸里

摩洛哥，一个因为浓烈的色彩而让我记住的地方。在我的记忆中，摩洛哥皮革染坊里那些大大的水缸成了一个个彩色的圆点，街道两旁的建筑成了一个个立体的大色块，还有那些鲜绿色的薄荷叶恰到好处地点缀其间。在摩洛哥，生活中充满了艺术的气息，你的每一次驻足都会令你过目难忘。

非斯古城的皮革染坊

　　摩洛哥的非斯古城，与其用视觉去探索，不如用嗅觉去感受。因为在非斯古城的空气中，充斥着皮革的浑浊气味，以至这种气味深深地烙在了我的印象里，成为这里的标签。

　　在非斯，接待我的向导名叫何恩德。我见到她时，她没有包头巾，戴着眼镜，说着一口不太流利的英语。在她身旁是她的一位同事，她们两人都是摩洛哥政府的工作人员，我这次的非斯之行由于是受摩洛哥政府之邀，因此由她们负责接待。按照原计划，我们此行的主要目的是去参观摩洛哥的传统建筑，以及了解这里的传统文化，可是她们却花了大半天时间带我去参观了一连串的商业地产项目，我在非斯停留的时间并不多，因此心里有些着急起来。终于在看完一个艺术庭院之后，我直接提出了要求：希望地产项目早点结束，我更想去看看摩洛哥传统的皮革染坊。于是，我们向着我此行最期待的地方进发了。

⊙⊙非斯老城的入口处，马赛克图案精彩绝伦（上）
⊙非斯老城区里销售铜器的店铺（下）

　　非斯曾经吸引了众多学者、哲学家、数学家、律师、天文学家和神学家会聚此地，能工巧匠在这里建起了精美的宫殿和房屋，商人们在这里寻找各种奇珍异宝。如今，这些历史遗迹和文化成就依然被保留在这座城市里，对于旅行者来说，这里就像一座宝藏，你只要有足够的好奇心，就必定有丰富的收获。

非斯是一座历史悠久的古城，始建于伊德里斯王朝。在伊德里斯二世统治时期，非斯成了一个繁华的大都市，之后越来越多的阿拉伯人移民迁入这里，一时间非斯成为伊斯兰教各派别大融合的地方，这也加速了摩洛哥的阿拉伯化。

　　如今的非斯分为古城、旧城和现代化新城三个部分。古城右岸部分建于789年，左岸建于809年，两部分于11世纪时合并，成为当时的伊斯兰教圣城。13世纪在古城西部进行扩建，这就是现在说的旧城部分。非斯的古城与旧城中，有很多阿拉伯式的建筑，至今依然保存完好。据说，在12世纪伊斯兰教的全盛时期，非斯城内有700余座清真寺，其

⊙ 摩洛哥极具特色的色彩搭配

中有一半都保留了下来。仅以清真寺的数量也能看出，非斯在伊斯兰教发展过程中的重要地位。

我跟着何恩德出了一道门后往右拐沿坡道上行，这期间何恩德一直在打电话联络染坊。我们继续沿着巷子前行，空气中飘来一种难闻的气味，越来越浓。之前我听说过染坊的这种气味奇臭无比，如今身处其中却觉得没有想象中那样难以接受。

我们沿着巷子，一直向下城走去，走了不到 50 米的距离，就来到一家染坊前。穿过一个奇脏无比的木头大门，我看到染坊院子里那一个个一人高的大染缸。此时，可能因为我已

⊙ 非斯老城区里有数不清的小巷，在这里非常容易迷路

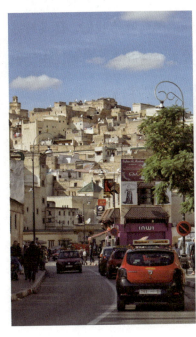
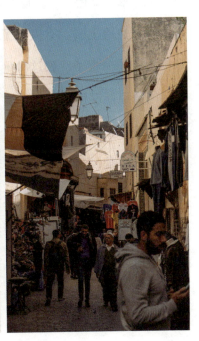

经适应了这里的味道，也可能因为期待的地方终于到了，我的鼻子自动屏蔽了这里浓重的酸臭味。

据何恩德说，染坊是不轻易向外人开放的，一方面因为各家皮革染坊都有自己的秘密配方，另一方面他们也不希望工作被人打扰。我很幸运，在何恩德的帮助下终于如愿来到了这家非斯最知名的染坊参观。这家染坊的规模非常大，眼前是各种各样的染缸，颜色都不尽相同。染坊的池子里也浸泡着各种皮料，白色的、红色的、绿色的、黄色的，怪不得这里吸引了全世界众多的摄影师前来探访。这些饱和度极高的色彩充满了美感，那是一种浓烈的美。带我参观染坊的中年男子叫穆罕默德——我已经记不清这是我在摩洛哥遇到的第几个"穆罕默德"了。他率先跳上了染缸之间的石头间隙，并招呼我也跳上去。有人递了一把薄荷叶给我们。薄荷叶是摩洛哥人的命根子，到这种地方来薄荷叶更加重要，因为薄荷叶的味道能够帮助抵挡环境里的酸臭味。

染坊里有几位工人在忙着干活，有些人穿着长筒橡胶鞋，戴着橡胶手套；有些人干脆穿着拖鞋，手上连手套也没有戴。他们在小池子旁，手上拿着浸湿的皮料。有些皮料的表面还带着毛，有些皮料上甚至还能看见没有剃干净的肉渣，正是这些东西加上染坊里保密的化学配方，使得染坊里的独特气味延续了千百年。这些工人的手艺是一代又一代摩洛哥制皮匠人口传心授的传承，在如今这个工业化的时代，这些传统的手艺像被时代隔离了一般，自成体系，又生生不息。

　　为什么要在鞣皮的过程中使用鸽子粪呢？这一直是我非常好奇的问题。穆罕默德告诉我，在鞣制各类皮革的时候添加鸽子粪，可以使皮料变得非常柔软舒适，不仅不会影响皮革的质地和纹理，而且还有助于后续皮革上色。穆罕默德说："之所以使用鸽子粪而不是其他鸟类的粪便，只是因为鸽子粪容易获取而已，并没有其他特别的原因。除了鸽子粪，你看到的这些缸里还有牛尿，这也是鞣制皮料所必需的原料。"

　　一般情况下，皮料要先浸泡一阵子，然后工人们会穿着连体橡胶裤跳进缸里踩皮料，有时候要连续踩几个小时才能

⊙皮革染坊里大大小小的染缸

把皮毛分离，这个过程是极其辛苦的。除此之外，这也是一个非常危险的职业，制作皮革的工作被认为是全球毒性最高的行业之一，因为在制作过程中工人大量使用和接触各种有毒的化学药剂，对身体危害极大。

非斯染坊里制成的皮料广受欢迎的另一个原因是在染制的过程中更多使用的是天然着色剂，比如他们用指甲花染出橙色。时至今日，人们用这里出产的皮料做成高级手包、鞋子和衣服。如果我下次再有机会去巴黎或罗马时，我一定会想起非斯，因为这气味会长久地留在我的记忆里。

人的嗅觉是有记忆的，在旅行中我总是会因为各种熟悉的味道而忽然停住脚步，这便是去看世界的奇妙之处，你总能在世界的某个角落邂逅我们日常生活中的熟悉感。越南的香茅和澳大利亚酒庄里的柠檬，安第斯山脉的土豆和北京长城脚下一家酒店里的芋头，北欧森林里的落叶和家乡的松树，柏林的地铁站和我家附近的超市，这些地方带给我的嗅觉记忆在我看来都是不同空间里最具有代表性的元素，都是旅途中最让我铭记于心的部分。

穆罕默德叫我和他一起跨过一个污水沟，他用手拉着我以防我掉下去。我们脚下就是加了鸽子粪的大染缸，我抬起头环顾四周，看到染坊的墙上挂满了皮料，看大小似乎是羊皮，大部分都是鲜亮的黄色。这时，一头驴子突然蹿了出来，背上驮满了皮料，堆在它背上的货物看上去比

驴子的体形还要大出不少。在非斯老城的街头巷尾经常可以看到驴子往来穿梭。不仅在非斯，其实在整个摩洛哥，驴都是非常重要的交通和运输工具，这里甚至还有毛驴节。每年摩洛哥都会举办毛驴选美、毛驴驮货物赛跑等活动，足以看出毛驴在摩洛哥的重要地位。我在非斯的巷子里还看到过专门收垃圾的毛驴，赶驴的人在毛驴背上一左一右

放置两个巨大的口袋，每走到一处垃圾站就把所有的废品都装进两侧的大口袋中。我跟着赶驴人走了一段路，那几头驴走得极快，赶驴人几乎不用发出命令，它们就知道到哪个巷口该怎么拐弯，场景颇为有趣。

在摩洛哥每当看到骑着毛驴赶路的摩洛哥人，总是让我想到阿凡提和毛驴的故事。仿佛动画片里的阿凡提活灵活现地出现在了眼前，样子非常可爱。在希腊的圣托里尼岛，驴也是重要的交通和运输工具，但圣托里尼的驴不得不随着地形起伏爬上爬下，相比之下，这里的驴就轻松多了，虽然同样驮着重物，但这里地势平坦，驴子走起来容易一些。

　　穆罕默德带我继续在染坊里参观，一个问题突然在我脑海中浮现：现代工业生产出来的皮料和非斯染坊里以传统手工技艺鞣制出来的皮料相比，区别到底是什么？这个问题使我有了一个计划，我随手摸了摸身边一块已经鞣制好的皮料，努力记下了触摸时的感觉，如果未来有机会，我一定会再去摸一下现代工业生产出来的皮料，将两者对比一番。此时此刻，我觉得这种充满劳苦与危险的工作过程更像一门艺术，一门在苦涩与不得不做中成就的艺术。

世界上最古老的大学

旅行，非常重要的一点是有一双善于发现的眼睛。在那些看起来平常无奇的拐角处，往往会有特别的惊喜在等着你。

在非斯古城的一个巷子里，就藏着一间全世界最古老的大学。当我和何恩德一行离开皮革染坊，继续沿着巷子逛时，看见一个院落外围满了人。我出于好奇，立刻挤上前去想看个明白。人群中大部分都是游客，也有一些本地人，我探着身子终于挤到了人群前排，一座传统的摩洛哥庭院出现在眼前。院子里的人都着装整洁，往来穿行。何恩德走上前来告诉我这里是摩洛哥卡鲁因大学，建于公元 859 年，是全世界最古老的大学。

巨大而厚重的大门朝里开着，整所学校的地面、外墙以及屋顶都贴满了马赛克。那绿色的屋顶格外漂亮，给人一种安宁的感觉。安置在墙上的壁灯极具阿拉伯风情，看上去像《一千零一夜》故事里的场景。

◎ 酒店为客人准备了柏柏尔人的传统服装作为御寒的披肩（上）

◎ 每一个宫殿和清真寺都是一座精美绝伦的建筑（左下）

◎ 非斯老城的清晨，商贩们已经忙碌起来，开始准备一天的生意了（右下）

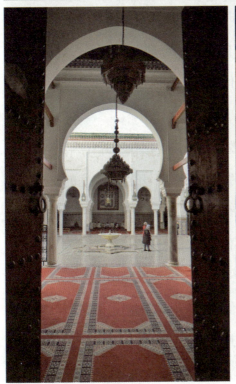

我完全没有想到全世界最古老的大学竟然就藏在非斯的巷子里。我用"藏"这个词是因为在这个错综复杂的空间里，挤满了各种工作坊和商铺，就像一个巨型的批发市场，如果是我单独从这些巷子中走过的话，一定认不出这是一所大学，因为从外观上看它更像一座清真寺。

　　听何恩德介绍，从某种程度上来讲，这所大学确实是一座清真寺，但它同时又是一所大学。更有意思的是，这是一所由女性创建的清真寺，但直到几十年前这里才开始招收女性学生，在那之前，这里只允许男性进入学习。听到这里，我不禁又打量了一下身边这位一身洋装，拿着粉色手包，没有戴头巾的何恩德，此时我对于她那不太流利的英语以及事事都要用电话不停沟通的工作状态理解了很多。对她来说，作为一个摩洛哥的新时代女性，进入社会工作是需要很大勇气的。

　　事实上，女性接受教育在摩洛哥已经不算什么新鲜事了，但女性要成为一名大学生，一定离不开整个家庭的支持。这是由于摩洛哥人关于家庭的想法发生了变化，和其他大部分阿拉伯国家有着很大的不同。

　　摩洛哥曾是法国的保护国，在那段时间里，法国人为了方便管理，开始逐步弱化阿拉伯语和柏柏尔语在摩洛哥的地位，同时推行法语，使其成为经贸和行政语言，法国人还在摩洛哥开办了大量使用法语教学的学校，给摩洛哥后来的发展带来了深远的影响。如今在摩洛哥街头，能明显地看到法国的影子。比如，在餐馆或咖啡馆，人们更喜欢坐在户外，哪怕是气温很低的时候，也要在餐厅门口搭一个塑料棚子，棚子下面摆上取暖设备，以便人们能坐在室外用餐，而室内却留下大量空位。走在摩洛哥街头，我一度感觉这里简直就是巴黎，这是我亲身感受过的法国文化最为深远的渗透。

在摩洛哥，你还能在很多方面感受到法国文化的影响。比如像何恩德这样的职业女性，在其他伊斯兰国家是极为罕见的。开放的社会风气，给这里增添了一丝勃发的生机。由于大部分摩洛哥人都掌握法语，因此摩洛哥与世界的沟通更加便捷。不过，那曾经被殖民、被压榨的历史又让我的心情有些沉重，因为那也是摩洛哥的血泪史。

创建卡鲁因大学的那位女性不是普通人，她的出身极为优越，是富商穆罕默德·菲赫利（Mohammed Al-Fihri）的女儿法蒂玛·菲赫利（Fatima al-Fihri）。原本她的目的是修建一座清真寺，因为在公元 9 世纪初他们一家人从突尼斯的凯鲁万来到这里之后，受到了当地人的庇护，她一直心怀感激。因此在获得了她父亲穆罕默德·菲赫利的巨额遗产之后，她将所有的钱都用于修建这座清真寺。

卡鲁因清真寺修建伊始就附带了学校，旨在为当地居民提供一个能够舒适地学习伊斯兰信仰的地方。卡鲁因大学最初的授课方式非常传统，学生们都席地而坐，围着老师呈半

⊙ 在非斯老城很多建筑的顶部都有精美的木雕

圆形，老师会带领学生阅读特定的经文，学生可以随时提出他们的疑问，然后老师来解答或者引导学生一起讨论。卡鲁因大学的教学内容大多聚焦于伊斯兰宗教、法学、阿拉伯文化和阿拉伯语言学，此外也会设置一些与自然科学和艺术相关的课程。来这里学习的学生必须是穆斯林，必须完整地记住《古兰经》，还需熟记一些中世纪的伊斯兰文章以及逊尼派马立克法学的相关内容。

卡鲁因大学的图书馆被认为是世界上最古老的图书馆，在经过几年的重新改造后，于 2016 年 5 月重新向公众开放。这里收藏着大量珍贵的图书与文献，其中包括一批公元 9 世纪的《古兰经》副本以及最早的《圣训》，这些馆藏使这座图书馆在整个伊斯兰世界里熠熠生辉。

建筑万花筒

　　在我的印象中，没有哪一座城市像摩洛哥那样色彩鲜明。当我站在摩洛哥的至高点俯瞰城市时，一座座建筑都变成了密密麻麻的色块排布在眼前，仿佛有节奏一般地跳动着。走在摩洛哥的街道上，穿梭在那一个个立体的色块中间，感觉十分美妙。

　　在非斯，我住的是一家由传统民宅改造的酒店，整个酒店极具摩洛哥特色。非斯与摩洛哥的其他城市不同，这里最能展现摩洛哥传统的生活方式。自非斯建成以来，这座城市就承担了宗教、商业以及军事防御等多种功能，这也使这里的建筑风格别具一格。清真寺、露天市场、宫殿、城墙，以及独具特色的阿拉伯公共浴室，各种建筑聚集在一起，使非斯像一个建筑的万花筒。这座融合了阿拉伯文化、波斯文化以及地中海文化的城市，因为这些建筑的存在而被人们称作"非洲的雅典"。

我所住的民宅式酒店在当地被称作"里亚德"，这是摩洛哥对于带庭院的高级住宅的统称，"里亚德"在阿拉伯语中就是花园的意思。可以说，这是摩洛哥最让人摸不着头脑的建筑。这些里亚德的外墙都是用黏土或者泥砖砌成，外表看起来毫不起眼，墙体外面没有窗户，仅安装一扇小门，与那高大的墙体极不相衬。如果你在摩洛哥的巷子里穿行，根本不会想到在那粗糙的土墙和低矮的小门后面，会是别有洞天的另一个世界。

　　推开里亚德的那扇小门，你不仅会看到内部建筑的华美，还能看到房屋主人对整个院落的精心装饰，虽然在围墙外侧看不到窗户，但围墙内侧却被精美的雕花和窗户贴片装饰得让人眼花缭乱。通常，主人会在花园里精心栽种四棵橘子树或者柠檬树，大多数里亚德的庭院里还会安装一个喷泉。要知道摩洛哥可是靠近撒哈拉沙漠的干旱之地，喷泉在这里是极其奢华的装饰。

　　透过这些住宅的格局，你可以看到摩洛哥穆斯林的内心世界。在伊斯兰教义下，隐私对于女性来说尤为重要。这些里亚德的花园，外表看似平常，但内里的色彩丰富且浓烈，就像热爱时尚的穆斯林女性会在黑袍的包裹下偷偷穿着时装一样，这种强烈的对比非常奇妙。

　　在我所住的酒店里，院子中的柠檬树上挂满了黄色和绿色的柠檬，偶尔有几颗熟透的果子掉落在地上。精致的院子

⊙ 远远望去，老城的屋顶上布满了接收电视信号的天线（上）

⊙ 站在高处的露台上俯瞰非斯老城里的皮革染坊（下）

○摩洛哥传统的里亚德民居，庭院里种着柠檬树

被收拾得整整齐齐，没有一丝尘土，唯独掉在地上的柠檬不会被拿走，我猜这应该是主人特意留下的，那留在地上的几点亮黄色是院子里最好的装饰品。这让我想起了在丹麦哥本哈根旅行时偶遇的一间花店，花店的主人也是这样把各种水果随意地放在一起当作客厅里的装饰，我记得有一盘黄色的苹果平铺在竹编的水果篮里，放在一张旧木头桌上，那个画面和此时此刻我在摩洛哥里亚德庭院里感受到的美是一样的。那一刻我竟有种冲动，想写一封邮件给哥本哈根那家花店的主人，邀请她来非斯做客，相信她看到此情此景，也会和我一样兴奋。

传统的用于装饰里亚德的瓷片和马赛克都有固定的设计风格，尽管这些里亚德看起来会有所不同，但它们又都保持着风格上的一致性。这些瓷片上必定有《古兰经》经文，时时刻刻提醒和庇佑着住在里亚德里的家庭成员们。里亚德的建筑风格可以追溯到古罗马时代。由于在那一时期摩洛哥涌进来大量人口，土地变成稀缺资源，价格非常昂贵。居民为了获得更多的生活空间，不得不把房屋越建越高。这种没有窗户的高墙使得邻里之间可以紧贴着没有门的那三面墙修建房屋，所以在摩洛哥的老城区你会看到房屋几乎都是连接在一起的，中间只留出狭窄的过道通行。很多游客来到非斯都会迷路，因为在这些狭窄的街巷中，想要分辨方向是非常困难的。

生活哲学在一杯薄荷茶里

英国人喜欢红茶，意大利人喜欢 espresso，这些生活的细节已经不仅仅是为了满足人们简单的功能性需求，更蕴含着人们对生活的理解和哲思。

我喜欢非斯的清晨，我喜欢在朝霞初升、点点灯光尚未熄灭的时候，来到酒店 4 楼的平台上散步。平台的花园里种满了玫瑰和橄榄树，树上很多橄榄已经变成了紫色，我想这时候如果把它们摘下来做成油浸橄榄一定味道不错。我摘了一颗放进嘴里，吃起来略带苦涩，但是我喜欢的味道。旁边几朵玫瑰花挂在枝头，盛放着，很是娇艳。我看到对面另一座里亚德的楼顶上也有人在欣赏清晨的非斯，或许他和我一样，都钟情于这一刻的安宁吧。周围很安静，只有鸽子在空中飞来飞去，偶尔传来几声狗叫。清晨的宁静时光过得很快，当我吃完第三颗橄榄的时候，楼下的厨房里开始煎鸡蛋了。闻着香味我来到了一层的餐厅。

吃过早餐，何恩德已经在酒店大堂里等我了，她告诉我今天要去参观非斯古城里的一座宫殿——姆内比宫（Mnebhi Palace）。和所有深藏在非斯古城里的建筑一样，如果你从姆内比宫所在的巷子穿过，一定不会想到这里竟然是一个宫殿。虽然何恩德是本地人，但在非斯古城的巷子里也差点迷了路。我们在大大小小的巷子里穿行，最终来到一个很普通的栅栏门前。我们和坐在旁边的小贩再三确认后，终于放心地上前拍了拍那排小小的铁栅栏门。很快一位穿着长衫、戴着圆帽的人出来，把我们迎了进去。

　　就在走进门的一瞬间，我的心好像突然被什么东西击中了，我看见充满艺术感的马赛克像无数条河流在眼前流淌，

○姆内比宫里的墙面上的马赛克图案精美绝伦（左）

○到摩洛哥人家中做客，室内装饰之精致超出了我的想象（右）

我感觉自己仿佛走进了《一千零一夜》的故事里。

姆内比宫如今已经成为非斯城内知名的特色餐厅。穿着短袍的侍者在宫殿大厅里来回穿梭忙碌着，虽然餐厅里没有任何音乐，但是在这里就餐一点儿也不会觉得枯燥。周围用餐的人一边聊着天一边时不时地环顾四周，这里极尽奢华的内部装饰也是一场视觉盛宴。

何恩德已经提前在这里预订了座位，我们落座后的第一件事就是先点上了一杯薄荷茶。薄荷茶是摩洛哥的传统饮品，餐厅的老板亲自将茶奉上，这次我没有按照自己的习惯嘱咐他少加糖，因为我想在这座华美的宫殿里品尝一下原汁原味的摩洛哥薄荷茶。薄荷茶的制作工序很简单，任何人都可以试着自己做一杯。但在摩洛哥，如果家中有客人，那么必须由男主人亲自烹茶。薄荷茶对于摩洛哥人来说，就像伯爵茶对于英国人一样重要。我在摩洛哥首都拉巴特的时候，曾经看到海边的一个咖啡馆里人人手上都端着一杯薄荷茶，他们面对着日落时的大海，用薄荷茶来互相致意，那是一种平和而美好的状态。

我问端着大银壶的餐厅老板，这些薄荷茶里的茶叶产自哪里，他爽朗地笑起来，告诉我说："当然是你们中国啊！"这个答案和我猜想的一样。他随后又补充了一句："不光我喜欢中国茶叶，所有摩洛哥人都喜欢，只是很可惜我们没有机会喝到中国最好的茶叶，因为最好的茶叶一定都留在了中

国。"对于茶叶，我也不是很了解，只能告诉他此时此刻我喝的这一杯薄荷茶非常好喝。

在摩洛哥，倒薄荷茶也是非常讲究的，倒水的银壶和彩色的玻璃杯之间要保持一定的距离，从倒薄荷茶的动作上便能看出一个人泡茶的功夫。倒茶的正确手法是：一手托着茶杯，一手高高地举起茶壶，拿茶壶的手要高过头顶，然后让水倾泻而下，倒茶者在恰当的时间让水停下来，一杯薄荷茶就出现在眼前了。整套动作一气呵成，就像一场表演，与中国的茶艺相比毫不逊色。我拿起茶壶，把杯子放在桌上，然后学着老板的动作试了一次，结果我倒的水几乎有一大半都洒到了桌子上，而且举起茶壶的那只手手腕酸痛。"没想到倒一杯薄荷茶不仅需要技巧，还需要力气。"我心中暗想。老板告诉我，倒薄荷茶的时候，拿茶壶的手必须举高也是有原因的，手举得越高，水倒进杯子里时茶水表面形成的泡沫就越多，这些泡沫不仅是正宗摩洛哥茶艺的体现，也给饮茶者带来更多的愉悦感。

在摩洛哥有一种说法：喝第一杯薄荷茶，像在经历生活的苦涩；喝第二杯薄荷茶，像荡漾在甜蜜的爱情中；喝第三杯薄荷茶，像岁月沉淀后的淡然。在餐厅老板的引导下，我喝了三杯薄荷茶，细细地品味着摩洛哥人的生活哲学。

离开餐厅之前，我买了几包分装好的薄荷茶茶叶，准备带回家去。虽然我并不懂茶，但是直觉告诉我应该带一些回去。

橄榄的地位

橄榄是摩洛哥人离不开的食物。在摩洛哥的餐厅里，橄榄必不可少，有时候，它会作为前菜出现，有时候，它甚至可以肩负起主菜的重任。

在姆内比宫用餐时，我深切地感受到了这一点，我们的午餐就是从两盘不同口味的橄榄开始的。接着侍者端上来了鹰嘴豆泥、烧茄子，以及一盘与胡萝卜一起炖的蔬菜。一会儿工夫，桌上的菜就围成了一圈，侍者又送上来一盘薄饼。那份加了各种香料的鹰嘴豆泥让我觉得非常亲切，我抹了一些在薄饼上，一口咬下去，地道的阿拉伯风味在口腔中扩散开来，一种满足感油然而生。当第一颗橄榄被我放进嘴里的时候，我就知道这一盘橄榄估计就是我这一餐的主角了。

在从拉巴特去往非斯的路上，我看到路旁的橄榄园连绵不绝。橄榄树略带白色的叶片看上去是亚光的，有一种浑然

⊙ 摩洛哥首都拉巴特的城墙，充满北非风情（上）
⊙ 哈桑二世清真寺（下）

天成的高级感。那些橄榄园就像有魔力一般，一直吸引着我的目光，漫长的公路之旅也不再枯燥，我仿佛在看一部公路电影，橄榄树就是电影的主角。

在摩洛哥中西部城市贝尼迈拉勒不远处，有一个叫乌祖德的地方，"乌祖德"在柏柏尔语中正是"橄榄"的意思。在阿特拉斯山脉，人们还把一座瀑布命名为乌祖德瀑布，可见橄榄在摩洛哥人心中的地位非常重要。在摩洛哥，大部分橄榄园都是世代相传的家庭式小农场，在橄榄成熟的时候，邻居们会互相帮忙采摘橄榄，以保证橄榄能在最佳时间送到磨坊，制作出令人着迷的橄榄油。摩洛哥人经常说全世界最古老的橄榄树就在乌祖德，但这无从考证，不过我听说在古罗马时期，人们就已经开始追捧摩洛哥出产的橄榄油了。

金色的橄榄油泛着微微的绿色，用摩洛哥随处可见的法棍面包蘸一下，就是当地人最爱吃的开胃食物。法棍面包之所以在摩洛哥受欢迎，也是受到法国文化的影响。走在非斯的大街小巷，你时常可以看到穿着长袍的男人和包着头巾的女人，把一根法棍面包抱在怀里。这就是文化碰撞和食物互相渗透的奇妙之处。

每家餐厅供应的餐前橄榄在做法上各不相同，我想这可能和各家厨师的口味偏好有关。在摩洛哥的腌菜店里，你也能看到各式各样的腌橄榄，令人眼花缭乱。那些绿色的、黄色的、棕色的、红色的、紫色的和黑色的果子，被分别装在不同的餐盘里。橄榄果之所以有这么丰富的颜色，并不是人们刻意培育出了不同品种，而是因为采摘的时间不同。不过，颜色不是判断橄榄是否成熟的标志，人们是根据橄榄不同的加工需要来选择采摘时间的。在从拉巴特去往非斯的路上，我一直在想未来自己能否也种上几棵橄榄树。

我又夹了一块橄榄烩鸡肉，味道出奇地好，鸡肉松软，肉香里夹杂着一些若隐若现的中药香，很像家里炖的鸡肉的味道，那种熟悉的感觉让我吃每一口都很安心。就在我差不多吃饱了的时候，餐厅的侍者声势浩大地端上来一个巨型的塔吉锅。在摩洛哥我已经见过各式各样的塔吉锅了，但如此巨型的还是第一次见到。锅被放到了桌子的正中央，侍者打开锅盖，一道经过精心烹制和摆盘的主菜呈现在我面前，这个足够十人享用的巨大的塔吉锅着实让我大开眼界。我向何恩德表达了我的惊喜，随后又对餐厅老板如此热情的招待表达了感恩之情。

这份主菜中放入了库斯库斯，这几乎是摩洛哥人每日必吃的食物。库斯库斯很像小米，所以人们也把摩洛哥的库斯库斯叫作库斯米。之前在欧洲的时候我也经常吃到库斯库斯。记得有一次，在德国的杜塞尔多夫，我和好友纳蒂亚聚会，她问我中午吃了什么，我说库斯库斯，她一脸惊讶地问我怎么知道这种食物的，我告诉她因为我的房东经常做，房东的爸爸是法国人，他们家一直保持着吃库斯库斯的习惯。在欧洲爱吃库斯库斯的人一定和北非有一定的渊源，我的好友纳蒂亚就来自突尼斯，她说："库斯库斯对我们的日常生活非常重要，就像大米对中国人的重要性一样，那是我们最重要的主食。"

这份塔吉锅的最下面是一层厚厚的库斯库斯，上面依次码放着鹰嘴豆、胡萝卜、鸡肉、羊肉，以及各种各样的果脯。果脯配着鸡肉先放到勺子上，然后再加入一些库斯库斯一起放入口中，不同的食材释放出不同的风味，最后混合在一起，好不热闹。

食物总是有一种魔力，明明是味觉的感受，却常常能够牵引出一段经历或记忆，这份记忆又会随着美食一起印刻在你的心中。正因如此，美食也成为旅行中不可或缺的一部分。

去摩洛哥

如果你喜欢猫，那么你一定要去摩洛哥。我想这可能是你读过的所有关于摩洛哥的介绍中最有意思的一条建议了，但事实的确如此。所有爱猫的人来到摩洛哥，就好像来到了

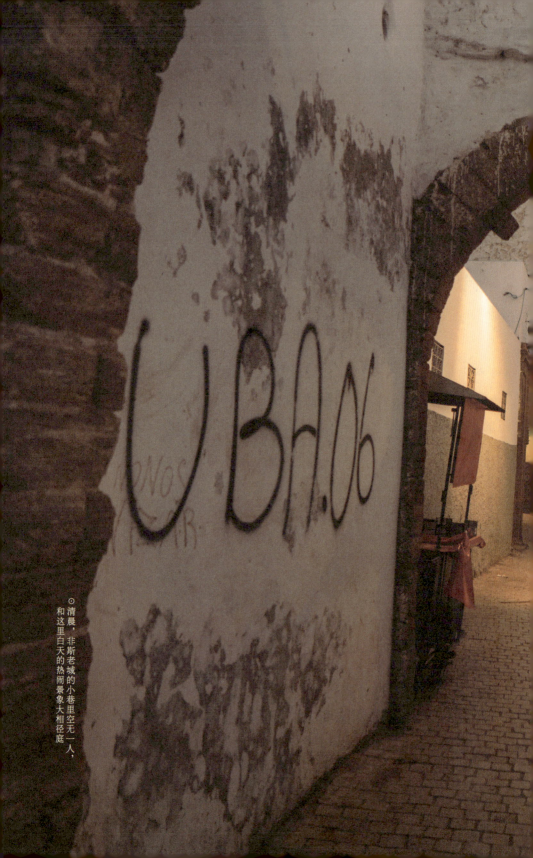

◎清晨，非斯老城的小巷里空无一人，和这里白天的热闹景象大相径庭

一座住满猫咪的岛屿上，在清真寺、商店门口、饭店里、酒店里、花园里，到处都有猫。据说摩洛哥的流浪猫和摩洛哥的人口一样多。长久以来，猫一直和摩洛哥人和谐地相处着。尽管这里的猫大多数是流浪猫，但人们总会在家门口为街上的猫准备一些水和食物。

我猜摩洛哥人爱猫或许和他们的信仰有关。传说，先知穆罕默德有一只宠物猫。一天，穆罕默德醒来准备早晨的礼拜，发现这只猫正睡在他长袍的袖子上，他不忍心打扰，就割下袖子，让猫咪继续躺在上面睡觉。在伊斯兰教义里，猫被认为是干净的，触碰猫不会使人不洁。

到摩洛哥旅行，你可以从地中海到大西洋再到撒哈拉沙漠一路游览。在这片土地上有数不清的传说、史诗般的山脉、古老的城市和热情的人，这些都值得你多花些时间去细细品味。

如果你对家居设计感兴趣，那么在去摩洛哥之前，你一定要先了解一下这里的国际快递，因为到了摩洛哥，你就像掉进了一个神秘的家居伊甸园。在这次摩洛哥的旅行中，我所到之处最先注意到的就是各种各样设计精美的家居用品。吊灯、柜子、沙发、躺椅、皮椅、银制的圆盘茶几、落地灯、地毯、挂毯……这些摩洛哥家具摆放在一起，实在太迷人了。那些丰富的纹理和色彩，既有非洲的印记，又充满了浓浓的阿拉伯风情，从中还隐约能看出欧洲的影子。

虽然卡萨布兰卡（现名达尔贝达）是摩洛哥最著名的城市，但它并不是摩洛哥的首都。摩洛哥的首都是拉巴特，这个小城是摩洛哥的第七大城市，原本这里是12世纪时建立的一个军事城镇，后来慢慢衰落，甚至还一度成为巴巴里海盗的天堂。巴巴里海盗也叫奥斯曼土耳其帝国海盗，他们的活动范围曾经一度从西非的海岸线向北延伸到冰岛的北大西洋，最主要的活动区域在地中海一带，除了扣押商船，他们还经常袭击欧洲沿海的城镇和村庄，意大利、法国、西班牙和葡萄牙是他们经常"光顾"的国家。

　　拉巴特的棕榈林荫大道干净整洁，完全没有其他城市的喧嚣和嘈杂。或许你早已知道了摩洛哥的"蓝色之城"舍夫沙万，其实在拉巴特也藏着一个迷你的蓝色小村，就在乌达雅古堡。这里和舍夫沙万非常相似，连成片的民居外墙全都涂着蓝色和白色，猫咪慵懒地躺在墙角晒太阳，一眼望过去给人一种不真实感。在乌达雅古堡下，人们悠闲地喝着薄荷茶；在迷人的老城区，你可以安心地做个海淘者，因为在这里大部分商贩只有在你有需求的时候才会回应你。

后记

　　这些年的旅行，对我的个人成长功不可没，那些经历过的事、遇到过的人、新奇而有趣的发现以及增长的知识，不仅丰富了我的人生，也慢慢充盈了我的头脑。于是，随着时间的推移，我内心深处那种想要把这些所得分享出来的冲动越来越强烈。

　　大约在两年前，我第一次尝试联系出版社。当时抱着试试看的想法进行了初步的沟通，而后由于公司事务繁杂，精力一直无法专注在这件事情上，就搁置了下来。直到去年，我终于有时间可以专心写作了。于是，我再次约上出版社的编辑，详聊了出版的计划。这一次，我下定决心，必须完成这个心愿。

　　我非常感谢这个写作的过程，这于我来说，也是一个再沉淀、再梳理的过程。写作时，我整理了很多过往旅行的相关资料，那些曾经经过我生命的人好像又鲜活地站在了我的眼前，仿佛老友再次相聚；翻看照片时，旅行中的一幕幕也再次在脑海中浮现，有些依旧清晰。这些照片虽然久远，但每每看到它们，依然能激起我内心的激动。

同时，这次写作也是我对自己人生成长的一次回顾。对于我来说，这个过程十分重要，回望自己来时的路，更加坚定了自己的选择，也更加明确了未来的目标。

在这里，我也想对本书的责任编辑表达我的感谢之情。在书稿审阅和编校的过程中，他们给予了我很大的帮助。正是由于他们严谨认真的工作态度，才保证了书稿内容的严谨以及文字表述的准确。和他们一起推敲文字、反复打磨书稿的过程，使我受益良多。他们始终如一的认真态度也感染了我，让我能够秉承初心、保持热忱，最终实现了自己多年的愿望，将本书呈现给大家。

最后，我还要感谢摄影师吴文飞在摩洛哥期间的拍摄，为本书的最后一个章节提供了精彩的图片。

远方的故事虽然到此暂告一个段落，但我还会继续行走在旅行的路上。

心中有梦，就请努力前行！

如果现在还有人问我：远方有多远？那么我想对他说：远方，不远！

图书在版编目（CIP）数据

远方，不远：从南极到非洲 / 雷涛 著 . —北京：东方出版社，2022.4
ISBN 978-7-5207-2565-1

Ⅰ.①远…　Ⅱ.①雷…　Ⅲ.①游记—作品集—中国—当代　Ⅳ.① I267.4

中国版本图书馆 CIP 数据核字（2022）第 017310 号

远方，不远：从南极到非洲
（YUANFANG, BU YUAN: CONG NANJI DAO FEIZHOU）

作　　者：雷　涛
责任编辑：李　烨
出　　版：东方出版社
发　　行：人民东方出版传媒有限公司
地　　址：北京市西城区北三环中路 6 号
邮　　编：100120
印　　刷：鸿博昊天科技有限公司
版　　次：2022 年 4 月第 1 版
印　　次：2022 年 4 月第 1 次印刷
开　　本：710 毫米 ×960 毫米　1/16
印　　张：19
字　　数：171 千字
书　　号：ISBN 978-7-5207-2565-1
定　　价：66.00 元
发行电话：（010）85924663　85924644　85924641